I0562400

LES PÊCHEURS

DE L'ILE DE MARKEN

GRAND IN-8° CARRÉ

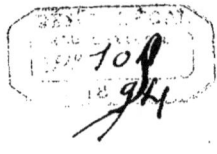

4° Y²
5210

Le fiancé marchait en tête, portant une longue pipe, ornée de fleurs
et de rubans (page 151)

LES
PÊCHEURS

DE L'ILE DE MARKEN

ET LA

HOLLANDE PITTORESQUE

PAR

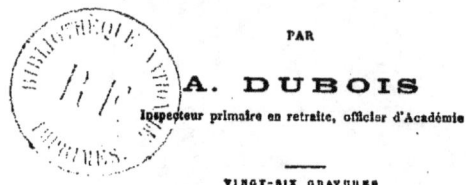

A. DUBOIS

Inspecteur primaire en retraite, officier d'Académie

VINGT-SIX GRAVURES

LIMOGES
EUGÈNE ARDANT ET C*
ÉDITEURS.

BIBLIOTHÈQUE
R F
POITIERS

A MON BEAU-PÈRE,

MONSIEUR JEAN-CONSTANT CHADEAU

Instituteur en retraite

Officier d'Académie

LAURÉAT

de la Société nationale d'Encouragement au Bien

qui a voué toute son existence à l'éducation
de la jeunesse,

JE DÉDIE CE PETIT LIVRE.

A. DUBOIS.

LES PÊCHEURS

DE L'ILE DE MARKEN

CHAPITRE Ier

L'exposition universelle. — Au restaurant. — Un voisin de table. — Conversation. — La section hollandaise. — L'instituteur de Marken.

Les expositions universelles n'ont pas seulement pour résultat de stimuler les progrès de l'industrie et de faciliter les rapports commerciaux entre les peuples; elles font disparaître les préjugés qui souvent séparent les nations les mieux disposées à se comprendre, à s'apprécier et à s'estimer; elles provoquent les relations entre les individus et font naître les rapprochements sympathiques les plus extraordinaires et les plus inattendus.

Je venais de faire une longue course à travers les innombrables galeries du Champ-de-Mars, et les merveilles amoncelées de toutes parts m'avaient arraché plus d'une exclamation admirative. Mais, si mes yeux étaient satisfaits, mes jambes commençaient à demander grâce; et, mon estomac, habitué à une discipline plus régulière, manifestait énergiquement son mécontentement.

Bon gré, mal gré, il fallut obéir; je m'arrachai aux éblouissements de l'exposition et j'allai m'asseoir à une petite table d'un modeste restaurant.

Cette table était déjà occupée par un convive, à l'aspect froid et réservé qui, les yeux fixés sur son assiette, détaillait avec prestesse une énorme tranche de beefsteak, entourée de pommes de terre. J'attaquai, avec le même brio, la côtelette qu'on venait de me servir; et, pendant un quart d'heure, travaillant chacun de notre côté, ce ne fut qu'un bruit de mâchoires, de croûtes broyées, de couteaux et de fourchettes frappant la porcelaine.

Puis, l'activité des premiers instants fit place à un silence relatif, pendant lequel s'agitaient dans nos cerveaux la grave question de savoir à la faveur de quel nouveau plat notre grave besogne allait pouvoir se continuer.

Cependant, à la table voisine, où quatre personnes ingurgitaient un moka plus ou moins authentique, la conversation, animée, roulait sur l'exposition universelle, le thème naturel des étrangers en ce moment à Paris. On parlait de la brumeuse Hollande, de ses colonies au ciel de feu, de la belle ordonnance de ses collections, de la splendeur passée de cette puissance maritime, de son génie colonisateur.

Le grave personnage, auprès duquel j'étais assis, suspendait alors sa mastication pour mieux écouter, et jetait à la dérobée un regard investigateur qui semblait étudier les physionomies.

Voyant l'intérêt qu'il apportait à cette conversation sur la Néerlande, je crus deviner en lui un citoyen de ce pays, et je risquai l'interrogation suivante :

— Vous êtes étranger, Monsieur?...

— Oui, Monsieur, je suis étranger, me fut-il répondu en pur français.

Mon voisin reprit son attitude froide et indifférente ; mais, j'éprouvais un vrai besoin d'entrer en conversation ; et, après une pause d'un instant, je revins à la charge :

— Vous êtes peut-être Hollandais, Monsieur? demandai-je avec hésitation, car je n'aurais pas voulu passer pour un homme mal élevé.

— Oui, Monsieur, je suis Hollandais, reprit l'étranger avec un sourire, indiquant d'une façon discrète que ma pensée était comprise.

— Je n'ai pas grand mérite, Monsieur, à l'avoir deviné ; car, en ce moment, Paris possède plus d'étrangers que de Français.

— C'est vrai, Monsieur, et l'hospitalité grandiose de votre capitale, les magnificences de votre exposition, valent bien la peine qu'on se dérange. Il n'est pas donné de contempler souvent un pareil spectacle.

La glace était rompue, et je ne tardai pas à m'apercevoir que sous son enveloppe d'apparence si froide, mon voisin possédait un caractère des plus expansifs.

— Qui vous a fait supposer, Monsieur, que j'étais Hollandais? dit-il tout à coup.

— Mais, Monsieur, l'attention que vous apportiez à la conversation de nos voisins qui s'entretenaient de votre pays. Aussi bien, j'ai parcouru, comme eux, l'exposition hollandaise et j'ai été vivement intéressé de tout ce que j'y ai vu.

— Elle est d'apparence bien modeste, si on la compare aux collections luxueuses de certains autres pays.

— Les collections luxueuses ne sont pas toujours celles qui nous intéressent le plus; et j'ai vu, dans la section hollandaise, des séries d'instruments de pêche, des modèles de bateaux, des filets, des agrès de toutes sortes qui ont longtemps retenu mon attention. En étudiant le matériel rustique de vos braves pêcheurs, je pensais à leur existence laborieuse, mouvementée, aux dangers qu'ils bravent pour aller disputer à la mer, sous les latitudes les plus diverses, les richesses qu'elle renferme dans son sein.

J'avais touché juste cette fois; j'avais flatté l'amour-propre national de mon voisin, dont la physionomie s'éclaira, et qui rapprocha son siège, comme pour m'inviter à continuer notre entretien.

Un quart d'heure plus tard, nous prenions ensemble notre café et je savais que l'étranger s'appelait M. Allan, qu'il était instituteur dans la petite île de Marken, pas bien loin d'Amsterdam, et qu'il était, en cette qualité, délégué à l'exposition universelle.

Lorsqu'il sut que je m'occupais, moi-même, de question d'enseignement, la conversation devint plus intime.

Nos idées, en matière d'éducation, différaient sur bien des points : C'était une conséquence de la direction imprimée à nos études, et du milieu dans lequel nous avions vécu.

Tout ce qu'il me dit sur les écoles de Hollande, sur leur agencement, la disposition du matériel, le recrutement des maîtres m'intéressa au plus haut point. Mais, rien ne me parut plus curieux à étudier que l'établissement dont il avait la direction au milieu d'une population, dont les diverses coutumes diffèrent essentiellement des mœurs et des usages des autres habitants de la même nation.

Je sortis du restaurant avec M. Allan; et, ensemble, dès le soir même, nous fîmes une visite à la section hollandaise de l'exposition universelle. L'exposition spéciale de l'instituteur de l'île de Marken, fixa longtemps mon attention, et mon nouvel ami me fournit de longues et utiles explications sur une infinité de sujets, absolument nouveaux pour moi.

CHAPITRE II

Au physique, l'instituteur de Marken était de haute taille; il avait la barbe et les cheveux blonds et les yeux bleus particuliers à sa race; au moral, c'était un homme doux, un esprit fin, observateur, s'exprimant avec facilité et portant des jugements fort justes sur les hommes et sur les choses. Sa franchise me plut; et, il fut convenu que chaque jour nous nous rencontrerions au Champ-de-Mars, où nous appelaient, l'un et l'autre, les missions dont nous étions chargés.

Il parlait avec enthousiasme de son pays, de l'énergie persévérante que ses compatriotes avaient dû déployer pour se garantir de l'invasion de la mer, en construisant des digues puissantes, destinées à prévenir l'inondation produite par les plus fortes marées. Mais, sa petite île de Marken était l'objet de ses prédilections; il vantait l'esprit d'ordre, les habitudes simples de ses habitants, leurs mœurs pures et leur respect de la tradition.

15

Les différentes particularités qu'il me fit connaître sur l'origine de cette île m'inspirèrent le désir de l'étudier plus complètement, et déjà je faisais, par la pensée, un voyage en Hollande.

— Marken, me disait M. Allan, en me montrant une belle carte de la Hollande, n'a pas toujours été une île, et le Zuyderzée (*mer du Sud*) n'a pas toujours été une mer.

Marken faisait autrefois partie du continent; ses habitants se livraient à l'agriculture et à l'élevage des bestiaux. Là où passe aujourd'hui un bras du Zuyderzée, existaient avant le xiie siècle, — à l'exception de la place jadis occupée par le lac Flevo, — de vastes forêts et d'immenses prairies.

La marée de la Saint-Julien, en l'année 1164 et celle de la Toussaint en 1170, furent d'une telle violence qu'elles engloutirent une partie des côtes de la Hollande et de la Frise; et, Marken fut à jamais séparée du continent.

— Mais, lui dis-je, les habitants d'un pareil pays doivent vivre dans des transes continuelles; ils ne sont jamais sûrs du lendemain.

— Tous les habitants de l'île de Marken sont pêcheurs, et ils aiment passionnément la mer qui les fait vivre. Et, pourtant, aujourd'hui comme autrefois la mer a de terribles colères; elle se brise sur nos rivages avec une violence extraordinaire. J'ai assisté, il y a quelques mois, à une catastrophe qui a mis plusieurs familles en deuil;

Un intérieur hollandais avec différents costumes du pays.

2

et, aujourd'hui encore, mes plus proches voisins, — de bien braves gens, — sont dans l'incertitude sur le sort d'un de leurs enfants.

— Vous piquez ma curiosité, M. Allan, et j'aimerais à connaître les détails de l'incident auquel vous faites allusion.

— Malheureusement, Monsieur, c'est une histoire de tous les jours ; il faut à la mer des victimes et les Hollandais sont bien placés pour lui en fournir.

C'était un samedi soir, et le samedi, chez nous, est un jour de réjouissance. C'est, en effet, le jour où la flottille de *botters* (bateaux à voile pour la pêche du hareng) rentre au port. La joie règne dans toutes les familles de pêcheurs ; on court pour les attendre ; tout le monde leur fait bon accueil ; on les accompagne au logis en emportant les objets qui ne doivent pas rester à bord de la barque. La femme prépare le café ; et, si la pêche a été bonne, elle offre aux pêcheurs du pain de froment et de la bière. On cause, et les parents, les voisins, séparés depuis huit jours, vont se faire visite.

Depuis le matin, la mer était houleuse ; vers le soir, le vent du large soufflait en tempête, et rendait difficile l'entrée du port. Néanmoins, les familles n'étaient pas trop inquiètes ; nos braves Markois en avaient vu bien d'autres. Peu à peu, et avec toutes les précautions que des marins expérimentés savent apporter à cette délicate opération, le plus grand nombre des botters fut en sûreté : La pêche avait été abondante, et les fatigues de la semaine allaient bientôt être oubliées.

Le bateau que montait Jan Maès, — un de mes bons voisins, — avec son fils Wilhelm, venait de rentrer sans avaries, et je l'en félicitai; mais la barque de Liévens, sur laquelle était embarqué Dirk, le second fils de Maès, était, disait-on, en danger de se perdre. Les alarmes du père, qui avaient été très vives, se calmèrent, quand le dernier *botter* arrivé au port, apprit qu'il venait d'aper—cevoir le bateau de Liévens et qu'il allait rentrer à son tour. Tout à coup, l'embarcation désemparée, apparut sur la crête d'une vague ; et, au même instant, elle fut saisie par un tourbillon et emportée comme un fétu dans la direction du large où elle s'engloutit ! . . . . . .

Un cri d'horreur s'échappa de toutes les poitrines ; toutes les tentatives de sauvetage étaient inutiles : la barque était perdue corps et bien.

Le lendemain, en effet, différents débris de la barque et le cadavre du patron Liévens, furent recueillis; mais, toutes les recherches pour trouver le cadavre de Dirk Maès sont restées infructueuses.

La douleur des deux familles si cruellement éprouvées était navrante, mais elle n'était pas moins vive dans la maison de Jansens, un autre de mes voisins. Grietje (*Margaretha*) Jansens était fiancée au pauvre Dirk; et là, tout à l'heure, sur le port, la jeune fille avait été témoin de la catastrophe qui venait de briser ses plus chères espérances.

Lorsque j'ai quitté Marken, le chagrin des familles Maès, Liévens et Jansens était aussi vif que le jour de la perte de la barque. La bonne Mietje (*Maria*), la mère de Dirk, demandait sans cesse son fils qu'elle s'obstine à ne pas croire mort, puisque son cadavre n'a pas été retrouvé. Grietje pleurait silencieusement la perte de son fiancé. On ne trouve pas de paroles pour consoler de pareilles douleurs que le temps seul peut adoucir.

CHAPITRE III

La mission de M. Allan était terminée et il venait de fixer le jour de son départ. Cette séparation si brusque m'était pénible, car j'éprouvais pour le sympathique et intelligent instituteur de Marken un véritable attachement.

— Vous n'avez jamais vu la Hollande? me dit-il; ce pays, qui ne ressemble à aucun autre, mérite aussi les honneurs d'une visite. Pourquoi ne m'accompagneriez-vous pas dans l'île de Marken?

Cette proposition, qui m'était faite inopinément, ne me causa pas l'étonnement qu'on pourrait croire. J'avais devant moi un temps assez long dont je pouvais disposer à ma guise, et la pensée de faire une excursion dans le nord, s'était déjà plusieurs fois présentée à mon esprit. La dépense nécessitée par un pareil voyage n'est pas excessive, et j'étais en mesure de faire face à toutes les éventualités.

23

— Tout ce que vous m'avez raconté des Pays-Bas, dis-je, a vivement éveillé ma curiosité, et je vous répondrai avec la plus entière franchise que ce déplacement me serait infiniment agréable. Je crains seulement d'être importun et indiscret et je ne voudrais pas vous donner de moi une mauvaise opinion.

— Vous ne serez, répondit-il, ni importun ni indiscret; j'avais nourri l'espoir de vous décider à faire ce voyage; j'ai prévenu ma famille; ma femme a préparé à votre intention un coin de notre logis et mes deux marmots seront enchantés de faire la connaissance d'un Français.

M. Allan apportait à son invitation tant de cordialité et de bonne grâce que je fis immédiatement mes préparatifs de départ; et, trois jours plus tard, je m'embarquai à la gare du Nord, avec mon aimable compagnon.

De Bruxelles, notre première étape, d'Anvers et de la Belgique, je ne dirai rien, car c'est de la Hollande et plus particulièrement de l'île de Marken que je veux entretenir le lecteur.

C'est improprement que nous appelons Hollande, le royaume des *Pays-Bas;* sa véritable qualification dans tous les protocoles officiels est *Néerlande*, du mot frison *Nederlanden*, qui signifie pays inférieur, *pays creux*.

Cette contrée fut longtemps inhabitable; les eaux couvraient sa surface six mois de l'année; et, le reste du temps, d'humides forêts en rendaient le séjour insalubre. Cependant, les Bataves, que l'on regarde comme la plus ancienne tribu établie dans ce pays, formaient déjà une colonie considérable au temps de Jules César.

Les Pays-Bas sont composés d'une succession de plaine, dont l'uniformité est à peine interrompue par de petites collines. C'est une contrée basse, couverte d'alluvions et de dépôts tourbeux, indiquant les conquêtes récentes que les atterrissements des fleuves ont faites sur la mer. Toute la partie septentrionale présente, jusqu'aux bords de l'Yssel, des dunes sur les côtes; et des sables, des marais, des bruyères dans l'intérieur; entre l'Yssel et le Rhin s'élèvent des collines sablonneuses; la partie orientale, jusqu'à la Meuse, offre des dunes sur les côtes; et, dans l'intérieur des lacs desséchés, un sol marécageux formant une espèce de croûte tourbeuse sur un amas d'eau salée que l'on trouve à quelques mètres de profondeur; dans les îles qui s'élèvent entre la Meuse et l'Escaut, un dépôt argileux repose sur un sous-sol salé et imprégné de salpêtre; enfin, toute la région au sud de la Meuse est couverte de landes sablonneuses, de bruyères et de marais. La cote moyenne est de soixante centimètres au-dessous du niveau de la haute mer.

Les *polders* dont nous parlerons plus loin, sont des terrains formés d'alluvions entassées par l'effet des eaux de la mer ou des fleuves, et qui, situées depuis deux mètres, jusqu'à cinq mètres au-dessous des plus basses marées, sont protégées par des digues. Les polders forment ainsi des jardins maraîchers d'une fertilité extraordinaire.

La Néerlande, ce pays si humide, renferme un grand

nombre de cours d'eau, parmi lesquels l'Escaut, la
Meuse, le Rhin, l'Yssel, l'Amstel, etc... La plupart de
ces cours d'eau sont reliés entre eux par des canaux
établissant de faciles communications entre les villes, les
bourgs et les villages.

Dans une contrée où l'industrie humaine est en lutte
perpétuelle avec l'eau, pour conserver les terres qu'elle a
conquises sur cet élément, l'entretien des digues, des
routes, des canaux est l'objet d'une attention particulière. Les Pays-Bas offrent l'aspect d'un immense
réseau de canaux, dont les uns servent à l'écoulement
des eaux et les autres à la navigation. La plupart, protégés par des levées, sont situés au-dessus du sol, et
l'on pourrait, à l'aide d'écluses, inonder le pays en cas
d'invasion d'une armée étrangère.

Les lacs, les étangs, les marais couvrent une grande
surface : L'ancien lac ou *mer de Harlem*, dont nous re-
parlerons, a été desséché parce qu'il menaçait d'en-
gloutir Amsterdam. On a fait, de cette manière, la conquête de 15,000 hectares de terres qui ont été livrées à
l'agriculture.

Les côtes de la Hollande sont protégées par des digues
de quarante à cinquante mètres de large, sur douze
mètres environ de hauteur. Ces digues sablonneuses
sont fixées à l'aide de plantations de pins et de roseaux.
La plupart des villes sont, elles-mêmes, assises sur des
hauteurs artificielles, ou *terpen*. Lorsque la mer rompt

les digues, les villes et les villages forment comme un archipel d'îles à clochers.

Parmi les nombreux golfes qui bordent les côtes et servent d'embouchures aux principales rivières, les deux plus importants sont le *Dollart*, entre la province de Groningue et le Hanovre, et le *Zuyderzée*, entre les provinces de Hollande et de Frise. Le premier est le résultat d'une terrible inondation qui, en 1277, engloutit trente-trois villages. Le second, qui contient l'île de Marken, fut formé, nous l'avons dit, par une irruption de la mer qui couvrit 600 kilomètres carrés de pays. Ce qui a été fait pour Harlem, fait croire qu'il ne serait pas impossible au génie et à la patience néerlandaise de dessécher ce vaste amas d'eau, souvent peu profond, et de le restituer à l'agriculture.

On conçoit que, d'après leur constitution physique, les Pays-Bas sont malheureusement exposés au terrible fléau des inondations : On a calculé qu'en moyenne, la mer rompt ses digues tous les sept ou huit ans. Ce sont alors de terribles catastrophes qui coûtent la vie à beaucoup de personnes. Les causes qui les produisent sont les vents violents du nord-ouest ou d'ouest, coïncidant avec les crues de la Meuse et du Rhin.

Les Pays-Bas empruntent aux brumes de la mer et à l'évaporation des marais leurs brouillards et leur humidité.

Cependant, l'hiver qui y règne pendant quatre mois de l'année, couvrant la terre de frimas et les eaux de glace;

et, le vent d'est, qui souffle fréquemment pendant cette saison, purifient l'air et dissipent les miasmes d'une atmosphère insalubre.

Le sol, composé d'argile et de sable, ne recèle d'autre minerai qu'un peu de fer; il contient d'immenses dépôts de tourbe; on trouverait difficilement, dans tout le royaume, une pierre de quelque volume; et, les grandes étendues de bois y sont très rares. L'industrie du cultivateur multiplie les animaux domestiques et les pâturages.

Si le pays n'offre pas l'aspect agréable d'un sol mouvementé, où les collines succèdent aux plaines et les montagnes aux collines, il ne manque cependant pas de pittoresque; et, chaque année, la belle saison le pare de charmes particuliers : Ce sont d'immenses prairies, brillantes de la plus fraîche verdure, et couvertes pendant huit mois de bestiaux, dont les flancs rebondis annoncent une abondante et saine nourriture. Ces troupeaux superbes attestent l'aisance du campagnard qui les élève.

Dans le nord, le blé, le lin, le chanvre, la garance; dans la région méridionale, le tabac, quelques arbres fruitiers, couvrent les meilleures terres.

C'est chez le Hollandais que l'horticulture a fait les plus grands progrès; c'est chez lui que la culture de mille plantes d'agréments, et surtout des jacinthes et des tulipes a été portée si loin, qu'au dix-septième siècle, le prix d'une fleur y dépassait souvent ce que coûtait l'entretien annuel de vingt familles.

Un bras de la Meuse forme, sous les murs de Dordrecht, un vaste port (page 33)

BIBLIOTHÈQUE NATIONALE R.F.

Le gibier est très abondant dans les Pays-Bas; les oiseaux aquatiques et les reptiles pullulent dans les marécages. Les grues, qui font leur nourriture de ces derniers, sont également très nombreuses; et, des mesures sont prises, non seulement pour en empêcher la destruction, mais encore pour aider à la multiplication de ces utiles échassiers.

Les principales pêches de la côte sont celles de la morue, du turbot, de la sole et des autres poissons plats; celle du hareng est une des sources principales de richesses, bien qu'elle ait diminué d'importance depuis le commencement du siècle : Elle constitue, nous le savons, la principale industrie de l'île de Marken.

Tous ces renseignements extrêmement intéressants pour moi, sur le pays que j'allais visiter, m'étaient fournis pendant que le chemin de fer nous entraînait vers les régions brumeuses de la Hollande.

— Dans l'énumération que vous m'avez faite des différentes pêches, dis-je à M. Allan, vous ne m'avez pas parlé de celle du saumon. Je croyais cependant qu'elle constituait, pour la Hollande, une source importante de revenus.

— Je vous ai parlé, reprit-il, de la capture des poissons, appartenant à la surface de pêche contiguë au rivage; les populations maritimes préfèrent, à tout, le poisson de mer; mais le saumon, considéré comme ressource alimentaire d'une population continentale, l'emporte sur tous les autres poissons.

Chez les habitants de l'intérieur des terres, le saumon est une production des plus précieuses, parce qu'il remonte tous les cours d'eau, et va se livrer lui-même au pêcheur, jusque dans les montagnes les plus abruptes.

Dans notre pays, ces poissons parcourent en quantités considérables les nombreux cours d'eau qui débouchent à la mer; et partout, sur leur passage, ils laissent une riche récolte.

A quelques égards, le saumon peut être comparé aux oiseaux voyageurs. Il se rapproche surtout de l'hirondelle qui, dans votre France, revient à chaque printemps nicher au même lieu, et qui, à l'automne, repart pour l'Afrique avec sa nichée, lorsque sa nourriture ordinaire lui fait défaut.

Mais j'allais pouvoir continuer moi-même les observations auxquelles m'avait si bien préparé M. Allan. Le train nous emportait rapidement, et bientôt nous arrivions à Dordrecht, qui devait être notre première étape.

CHAPITRE IV

Dordrecht, vulgairement appelée Dordt, est une des plus anciennes villes de la Hollande et fut, au moyen âge, le plus riche centre de commerce du pays. Séparée de la terre ferme à la suite de la catastrophe de 1421, dont il est question plus loin, elle occupe une situation favorable au commerce.

La rivière, qui n'est autre chose qu'un bras de la Meuse, nommé *Merwede*, forme sous les murs de la ville un vaste port, permettant aux plus grands vaisseaux de remonter jusque-là. Elle est traversée par un nouveau pont de chemin de fer.

C'est à Dordrecht que s'arrêtent ordinairement les trains de bois du Rhin, dont on fabrique dés planches dans les nombreux moulins à vent des environs.

M. Allan nous fait conduire à l'hôtel de Bellevue; et, nous nous trouvons bientôt vis-à-vis de la Vieille-Porte

que les touristes ne manquent jamais de visiter, et qui a
été édifiée en 1618. Elle est construite en briques rouges ; et, ses décorations en relief sont faites d'une sorte
de pâte blanche jaunie par le temps.

Le bas-relief, au centre, représente une jeune femme
assise dans une enceinte d'osier, remplie de fleurs : elle
tient d'une main les armes de la ville et de l'autre une
palme. Tout autour, on voit les écussons et les noms
des villes qui ont concouru à l'érection de ce monument,
devenu très populaire.

L'hôtel de Bellevue, la maison la plus voisine de la
porte, mérite bien son nom. Le spectacle qui se déroule
aux yeux du voyageur accoudé à l'une de ses fenêtres,
est magnifique.

Des navires de toutes grandeurs se succèdent incessamment devant la ville : bateaux à vapeur transportant
les voyageurs, remorqueurs, navires marchands, barques chargées de foin, de bois, de légumes ou de fruits.
Pendant la nuit, des paquebots, signalés de loin par
leurs cloches et leurs lanternes rouges et blanches,
viennent s'arrêter sur le quai, en face de la vieille porte.
La chambre que j'occupe a quatre fenêtres d'où je vois,
comme dans quatre cadres différents, les tableaux les
plus curieux et les plus variés de la navigation hollandaise. J'admire, et déjà je me dis que je n'aurai pas à regretter mon voyage.

L'usage des cordons de sonnette est inconnu à Dordrecht : Si l'on veut appeler les serviteurs, il faut s'ar-

mer d'une clochette à manche de bois, sortir sur le
palier, et l'agiter avec force : Le tableau ne manque pas
de piquant lorsque deux ou trois voyageurs se rencontrent et se livrent en même temps à cet étrange exercice.
Disons vite que, malgré le tintamarre qui en résulte, les
garçons ou les bonnes n'arrivent pas plus vite.

Notre maître d'hôtel, qui a l'air d'un brave homme,
est assis devant sa porte et fume tranquillement sa pipe;
il veut se montrer aimable, mais on sent qu'il lui est
pénible d'interrompre son opération favorite pour donner
un renseignement aux voyageurs.

Nous allons, mon compagnon et moi, visiter sur le
vieux port la grande église dont la tour, qui a 365 degrés, s'aperçoit de plusieurs lieues à la ronde. Le gardien nous montre une chaire en marbre, des fonts bap-
tismaux en or, de belles stalles sculptées en bois et beaucoup d'autres curiosités.

Parmi les principaux canaux, — tous très longs et pa-
rallèles au grand cours d'eau qui côtoie la ville au nord,
— plusieurs n'ont point de quais; les maisons plongent
dans l'eau. Des poulies, scellées au-dessus des fenêtres,
servent à puiser de l'eau pour les usages domestiques ou
à descendre des filets pour prendre du poisson.

Un bourgeois, assis à son balcon, pêche à la ligne; à
très peu de distance, un homme à moitié couché au bout
d'une grande barque est tout entier à la même occupa-
tion; les deux pêcheurs se regardent, de temps en temps,
sans échanger une seule parole. Du pont où nous som-

mes placés, les observant sur ce fond paisible où tout est silence et immobilité, il me semble voir une peinture japonaise.

Là-bas, quelques ouvriers travaillent dans un bassin qui reflète l'ombre de la grande église. Ils séparent de beaux arbres bien droits, bien équarris, qui sont venus d'Allemagne ou de Suisse, liés ensemble, formant d'immenses radeaux, et qui vont être transportés vers les moulins à vent, rangés sur le rivage, à l'ouest de la ville, pour y être sciés et réduits en longues planches.

Une particularité remarquable, c'est que presque toutes les maisons se penchent d'une façon inquiétante, comme pour saluer ou écraser les passants ; ces habitations sont fort anciennes, et pourtant, elles ont un air de jeunesse, avec leurs façades peintes en blanc, en brun ou en gris, avec leurs tuiles rouges, leurs vitraux étincelants, leurs stores tout neufs, et leurs portes bien vernies.

Les habitants de la bonne ville, qui en connaissent parfaitement les rues et les places, trouvent tout à fait inutiles les plaques indicatrices sans lesquelles il est impossible aux étrangers de se diriger ; mais, en revanche, presque tous inscrivent leurs noms au-dessus de leurs portes.

Si j'en avais eu le temps, j'aurais pu faire une riche collection de vieilles et curieuses enseignes sculptées en relief dans la pierre : il s'y trouve des scènes de l'ancien temps, naïvement représentées.

Les pharmaciens et les marchands de tabac, ont pour

enseigne de grossières têtes en bois peint, et coiffées de
turbans ou de bonnets de fous, et tenant leurs larges
bouches grandes ouvertes.

Je me fatigue à compter les servantes qui lavent les
façades des maisons : M. Allan m'a dit que ce spectacle
serait partout le même.

Une autre curiosité, ce sont les miroirs doubles suspendus à cinquante ou soixante centimètres devant les
fenêtres de la plupart des maisons. Ces miroirs réflé-
chissent deux fois l'image de toute personne qui passe, et
permettent de la suivre, sans se déranger, depuis une
extrémité de la rue jusqu'à l'autre. Grâce à cette ingé-
nieuse invention qui porte dans les maisons tout le
mouvement de la rue, il est rare que, du fond de sa
chambre, la ménagère n'ait pas constamment quelqu'un
à regarder; et, pour peu qu'une demi-douzaine de passants circulent aux environs, les miroirs en font une
foule.

La population de Dordrecht est de 25,000 habitants;
mais, à voir si désertes les rues de cette vieille ville, je
me demandais si ces vingt-cinq milliers d'êtres n'avaient
pas été complés dans des miroirs.

Nous étions convenus de franchir en bateau à vapeur
la courte distance qui sépare Dordrecht de Rotterdam;
et, cette partie du voyage a laissé dans mes souvenir les
impressions les plus diverses.

Le soleil rayonne entre deux immenses montagnes de
nuages blancs, dont il dore les cimes; le bateau glisse

sur une surface verte comme les prairies; une douce paix règne dans la nature. Des jeunes filles, à demi agenouillées dans les herbes du rivage, regardent de notre côté, tandis que leurs doigts pressent les mamelles de belles vaches grasses qui se laissent traire avec bénignité.

Quelques villages, à moitié cachés derrière des remparts de terre gazonnés et plantés, me rappellent les enceintes des fermes normandes.

Nous avançons rapidement; et, à mesure que nous approchons de Rotterdam, nous rencontrons un grand nombre de petits bateaux qui vont approvisionner la populeuse cité.

M. Allan me fait remarquer une barque qui brille entre toutes les autres; celle-là est chargée de pots de fleurs et ressemble à un jardin flottant.

Nous touchons au port : nous voilà débarqués au milieu d'une foule affairée. Des chariots de campagne découverts, peints en bleu, et dont les bords supérieurs sont découpés et sculptés, attirent mon attention; de jeunes femmes en descendent et échangent entre elles de gais propos. La plupart portent des coiffes de tulle et des fichus de mousseline; un grand nombre ont aux tempes et au front, sous leur bonnet, de singuliers ornements en or ou en argent, dont nous aurons occasion de reparler. Pour le moment, nous avons hâte de nous rendre à l'hôtel, où je dois trouver ma correspondance de Paris.

CHAPITRE V

Rotterdam, qui compte 132,000 habitants, est située
sur la rive droite de la Meuse, à cinq heures environ de
la mer du Nord. Elle a la forme d'un triangle dont la
base s'appuie sur la Meuse.

Des canaux larges et profonds que le flux et le reflux
du fleuve empêchent d'être insalubres, où l'on voit à
l'ancre les plus gros navires devant les magasins les
plus riches, et qui communiquent les uns aux autres
par des milliers de ponts-levis; sur le bord de ces
canaux, des quais magnifiques ornés de rangées de gros
tilleuls et garnis de hautes maisons dont les façades sont
soigneusement entretenues : voilà le coup d'œil général.

Une immense digue s'étend au milieu de la ville, pour
en protéger la partie inférieure contre les inondations.

que peut occasionner la marée. A la marée haute, l'eau
s'élève, suivant la violence et la direction du vent, de
deux à trois mètres au-dessus du niveau ordinaire.

A l'extrémité supérieure du quai, la Meuse est fran-
chie par le nouveau pont du chemin de fer reposant sur
neuf piles. Le chemin de fer traverse toute la ville, sur
un gigantesque viaduc de fer long de 1500 mètres.

Ce que nous disons des nombreux canaux qui coupent
en tout sens la cité de Rotterdam, s'applique à presque
toutes les autres villes de la Hollande. Les communications s'établissent au moyen de pont-levis et les rues qui
longent les canaux sont bordées d'arbres. Les maisons
ont généralement peu d'apparence ; leurs façades sont
étroites ; elles sont construites en briques de couleur
rouge, aux jointures enduites de chaux blanche, et elles
ont jusqu'à six étages peu élevés. Presque toute la hauteur
de l'étage inférieur est garnie d'énormes fenêtres à cou-
lisses. Les pignons, comme à Dordrecht, sont quelquefois pourvus d'une poutre, avançant sur la rue et servant
à hisser, aux différents étages, des marchandises et des
provisions. Les trottoirs ne font pas partie de la rue; ils
appartiennent aux maisons devant lesquelles ils se trouvent et les propriétaires les barrent avec des chaînes,
afin d'empêcher les indiscrets d'approcher trop près des
fenêtres.

Tous les quarts d'heure, les clochers des églises, ou
les beffrois, font résonner un carillon, reproduisant un
passage de quelque mélodie connue : cette sonnerie per-

Une vue de Rotterdam avec la Vieille-Porte, d'après un dessin de Rouargue.

Bibliothèque

pétuelle a pour résultat d'agacer singulièrement les nerfs des étrangers qui le déclarent insupportable.

Le charme de la variété manquant à la nature, on cherche à y suppléer par les soins donnés à la culture des champs, des jardins et des prairies. Dans le voisinage des grandes villes, on remarque, le long des canaux et des chaussées, un grand nombre d'élégantes villas, proprement tenues, confortablement meublées et entourées de massifs d'arbres, de charmants jardins, de serres et de pièces d'eau.

Les moulins à vent sont l'accessoire obligé de tous les paysages hollandais. Les vieux remparts des grandes villes en sont peuplés; et, sur les anciens bastions, ils remplacent les pièces d'artillerie en dressant dans les airs leurs longs bras, comme une troupe de géants.

C'est à l'aide de ces machines qu'on écrase le blé, pour le réduire en farine, qu'on scie le bois, qu'on exprime l'huile; ils servent encore à râper les feuilles de tabac, à fabriquer le papier, à battre le lin, etc... mais, leur principale fonction consiste à dériver les eaux superflues.

Les Hollandais ont, fort ingénieusement, opposé la force du vent à celle de l'eau. La moitié, au moins, des moulins à vent de la Hollande, servent de moteurs à des roues hydrauliques, espèces de pompes qui, en conduisant les eaux inutiles vers les canaux, favorisent la culture des champs par le drainage des terres. Ces moulins sont bien plus grands et plus puissants que ceux des autres pays; une aile a rarement moins de vingt à vingt-

cinq mètres de longueur. Souvent, le corps du moulin a
l'aspect d'une tour fortifiée; mais, il en existe de plus
petits, fort simples, près des canaux de dessèchement,
dans la campagne.

Pendant que mon aimable compagnon fait des cour--
ses, se rapportant à la mission professionnelle dont il
est chargé, je m'empresse d'aller visiter quelques-unes
des curiosités de Rotterdam.

Je marche à l'aventure et sans but déterminé : De
quelque côté que je regarde, je ne vois qu'activité, em--
pressement, fièvre d'affaires et de travail.

Des bateaux, grands et petits, se croisent en tous sens :
les mâts, les cordages, les voiles, glissent devant les
arbres et semblent s'entremêler à leur feuillage. On dé-
barque des ballots, on les hisse aux étages supérieurs
des magasins; de vigoureux portefaix, la tête couverte
d'amples coiffures blanches qui descendent comme des
bavolets, jusqu'au milieu de leur dos, portent et empilent
des sacs sur le rivage.

Les ponts à bascule s'entr'ouvrent, et leurs deux
moitiés se dressent verticalement en l'air pour livrer
passage aux navires.

En même temps, sur le pavé, roulent de lourds chariots chargés de marchandises et de légumes, des
voitures de toutes sortes, des omnibus de chemin de fer,
des traîneaux remplis de tonneaux de bière et que mènent,
bon train, des couples de chevaux conduits par des hommes à larges tabliers blancs.

Une multitude de marins, de marchands, d'ouvriers, de femmes, vont et viennent avec l'entrain accoutumé de gens qui connaissent le prix du temps.

Toute cette agitation contraste singulièrement avec la somnolence des eaux et l'immobile tranquillité des tilleuls qui s'y mirent paisiblement.

Je me rends sur le pont; un grand nombre de navires de toutes dimensions s'approchent ou s'éloignent du rivage. Les uns sont chargés des produits des Moluques, des Célèbes, de Bornéo et de Java; d'autres, plus petits, à un seul mât, aux banderoles flottantes, aux hunes dorées semblent inviter les touristes à une excursion de plaisir sur la Meuse.

Voici la vieille porte, que représente une de nos gravures, et qui me paraît dater du xvi⁰ siècle : A droite et à gauche, des maisons aux vitres brillantes, entretenues et peintes avec soin, laissent entrevoir çà et là derrière elles, de beaux arbres et quelques gais moulins à vent.

Les rues sans canal n'ont rien de particulièrement remarquable. J'en traverse une remplie d'hommes et de femmes dans leurs habits de fête. Leur physionomie exprime la franchise et la gaieté. Ils fêtent un mariage; et à l'affluence, il me paraît que tous les habitants de la rue ont dû être invités à la noce.

J'arrive sur une petite place où une jeune femme, fort jolie, coiffée d'un bonnet blanc tuyauté, est commodément assise devant une sorte de boutique en planches, divisée en petits cabinets : C'est une marchande de gaufres, comme il en existe aujourd'hui dans presque toutes nos villes de France.

Une laitière passe avec deux seaux suspendus, par des chaînes de cuivre, à un bâton qu'elle porte sur les épaules.

Je traverse le Grand-Marché qui n'est, en partie, qu'un pont très large couvrant un canal. Au milieu, se dresse la statue en bronze d'Erasme, né à Rotterdam, en 1622. Elle a été érigée à l'illustre savant par sa ville natale, et elle porte une longue inscription en hollandais et en latin. Erasme est représenté en robe de docteur, la barrette sur la tête et lisant dans un grand livre. Quand un bourgeois facétieux de Rotterdam, montre cette statue à un étranger, il manque rarement de lui dire qu'Erasme tourne un feuillet de son fameux livre chaque fois qu'il entend sonner minuit à l'horloge de la grande tour.

L'église Saint-Laurent est un édifice gothique du xvᵉ siècle, construit en brique, dont les nefs sont encombrées de stalles et de bancs en bois, comme la plupart des églises hollandaises. L'attention est attirée par les monuments en marbre de plusieurs célébrités maritimes. L'orgue est remarquable par son étendue et sa puissance de son. La tour, qui surmonte la façade antérieure de l'église, a quatre-vingt-dix mètres de haut; elle se compose de trois étages, et l'on accède à son sommet par 320 marches de pierre. Le panorama qui se déroule du haut de cette tour est magnifique et donne une idée

parfaite du caractère du pays. Dans toutes les directions,
l'œil ne découvre que canaux, villas, maisons de plaisance, moulins à vent, avenues tracées au cordeau ; on
ne saurait dire si c'est l'eau ou la terre qui prédomine
dans le paysage.

J'eus à peine le temps de parcourir quelques-unes des
salles du musée Boymans et de jeter un coup d'œil sur
le beau parc, qui forme une délicieuse promenade le
long de la Meuse. Il fallait déjà songer au départ ; car,
mon compagnon avait hâte de se diriger vers le nord.

Lorsque j'abordai M. Allan, son flegme habituel avait
fait place à une sorte de surexcitation. Il avait devant lui
plusieurs lettres, et je crus d'abord qu'il avait reçu quelques mauvaises nouvelles de sa famille. Il me tran-
quillisa bien vite ; il avait, en effet, des nouvelles de
Marken, mais elles étaient excellentes, sauf en ce qui
concernait la famille Maès, toujours dans la tristesse
depuis le naufrage du botter de Liévens.

Cependant la nouvelle qu'il venait d'apprendre était bien
faite pour expliquer l'agitation de son esprit. Il avait, par
hasard, rencontré un de ses amis d'Amsterdam, capitaine au long cours, revenant de Christiania, qui avait vu
Dirk Maès à l'hôpital de cette ville.

Les pressentiments, — qui parlent si souvent avec éloquence au cœur des mères, — n'avaient pas trompé la
bonne Mietje. Au moment où la barque avait été brisée
sous la violence de la tempête, entraînant le malheureux
Liévens au fond de l'abîme, Dirk, d'abord étourdi par le

choc, avait été assez heureux pour s'accrocher à une épave. Il crut à sa dernière heure et après avoir donné un suprême souvenir à sa famille, à sa mère, à sa fiancée, il attendit bravement la mort, car il croyait tout secours impossible.

Cependant, un navire sorti du port d'Amsterdam, malgré le gros temps, et passant en vue de Marken, éprouva une avarie dans sa mâture. Pendant la manœuvre nécessitée par cet accident, l'œil clairvoyant d'un matelot aperçut une masse noire flottant à l'aventure sur la crête des lames ; et bientôt, malgré le bruit des flots, il crut distinguer un suprême appel. Sans s'arrêter aux dangers d'une pareille tentative, le capitaine n'hésita pas à faire mettre un canot à la mer ; et, après un quart d'heure des péripéties les plus émouvantes, Dirk, évanoui, était hissé à bord. . . . .

Les soins les plus empressés et les plus touchants furent prodigués au jeune pêcheur de Marken, pendant que le navire continuait sa marche vers Christiania. Le pauvre naufragé resta deux jours entre la vie et la mort, incapable d'articuler une seule parole.

Le navire avait touché la Norwège : Dirk venait d'être déposé à l'hôpital de Christiania, par les soins du charitable capitaine, et il se passa un temps assez long avant qu'il pût raconter le naufrage de son botter et faire connaître son identité.

Mais, à ce moment, le capitaine était déjà parti, et le jeune Maès contusionné, meurtri, secoué par une fièvre

violente, fut de longues semaines sans pouvoir écrire à
Marken où sa famille pleurait sa mort.

— Vous comprenez, ajouta M. Allan, que j'ai hâte
d'arriver là-bas. Si les renseignements qui m'ont été
fournis sont exacts, il est possible que Dirk Maès, complètement remis, nous ait devancés dans l'île de Marken.

Nous n'étions qu'à trois heures, environ, d'Amsterdam et à une demi-journée, au plus, de la petite île, si
nous n'avions pas compris, dans notre programme, des
temps d'arrêt à La Haye, Leyde et Harlem.

CHAPITRE VI

Nous sortons de Rotterdam, par la porte de Delft, après avoir longé le jardin zoologique; puis, nous traversons des pâturages monotones, ne voyant de toutes parts que des canaux et les inévitables moulins à vent. Nous traversons, à cinq kilomètres de Rotterdam, la ville de Schiedam qui fabrique un genièvre très renommé, dont la marc engraisse, annuellement, plus de 20,000 porcs; et, nous apercevons Vlaardingen, une des localités les plus importantes pour la pêche du hareng, au sujet de laquelle elle équipe chaque année environ soixante-dix bateaux.

Le paysage ne varie guère, et nous voici à Delft, si renommée autrefois par ses faïences, dont il n'existe plus qu'une seule fabrique. Nous apercevons, en sortant de la gare, la tour de la Nieuwe Kerk (*Eglise Neuve*), construction gothique du xv⁰ siècle, qui renferme un

beau monument en marbre érigé à la mémoire de Guillaume le Taciturne.

Il y a à peine un quart d'heure que nous avons quitté
Delft, et nous voici à La Haye, après avoir traversé
Ryswik, qui nous rappelle le fameux traité de 1697, dont
le souvenir est perpétué par un obélisque de vingt et un
mètres.

La Haye, en hollandais *'s Gravenhage*, *'s Hage* ou *den
Haag*, ville d'un peu plus de 100,000 âmes, n'était dans
le principe qu'une résidence de chasse des comtes de
Hollande, d'où son nom de *'s Graven Haag*, le parc des
comtes. Elle fut le siège des Etats-Généraux, depuis le
xviᵉ siècle, et devint, comme telle, le centre de négociations
diplomatiques très importantes. Cependant, la jalousie
des villes, représentées aux Etats, l'exclut de leur
assemblée, et La Haye resta le plus grand village de
l'Europe, jusqu'au règne de Louis Bonaparte, qui lui
accorda, enfin, le titre et les droits des autres villes. Par-
venue au rang d'une grande cité, grâce au séjour de la
cour, des diplomates et de beaucoup de familles nobles,
elle resta néanmoins dépourvue de ces sources de richesses, de commerce et d'industrie qui ont fait fleurir les
autres cités du pays. Aucune ville hollandaise ne possède autant de belles rues, d'édifices somptueux, de
places publiques gracieuses et grandioses.

La partie la plus animée de la ville est aux environs
du *Vyver* (vivier), étang situé presque au centre de la ville,
avec un îlot, des cygnes et des canards, et bordé de

Les moulins à vent employés, en Hollande, à toutes sortes d'usages (page 43)

R. F.

superbes avenues. Une machine à vapeur, établie dans
les dunes, tire de l'eau fraîche et la refoule dans l'étang
et dans les canaux, qui en reçoivent un léger courant à
peine sensible, lequel, cependant, conduit l'eau jusqu'à
Delft et dans la Meuse, près de Rotterdam.

A côté du *Vyver* se trouve le *Binnenhof* (cour intérieure), assemblage irrégulier de bâtiments anciens et
modernes, entourant une place au centre de laquelle
s'élève l'ancienne *Salle des Chevaliers*. Cette construction
en briques, avec de hauts pignons et deux tourelles, fut
témoin de plus d'un drame politique.

La Haye possède de magnifiques galeries de tableaux,
dans lesquelles le voyageur peut admirer les chefs-
d'œuvre de Rembrandt, Potter, Gérard Dow, Van
Ostade, Van de Velde, Ruisdael, Rubens, Van Dyck,
Téniers, Breughel, Jordaens, Jan Steen, sur le nom
duquel les critiques les plus divers se sont exercés, mais
dont le style mâle et vigoureux dénote une grande sagacité et un profond esprit d'observation.

Le Binnenhof touche au *Buitenhof* (cour extérieure),
place décorée de la statue de Guillaume II. C'est dans la
vieille tour du Buitenhof, que Corneille de Witt et son
frère Jean de Witt, faussement accusés d'avoir com-
ploté contre la vie du prince Guillaume II, furent litté-
ralement mis en pièces, par une foule fanatisée qui avait
forcé l'entrée de la prison.

L'Hôtel de Ville, construit au xvie siècle, et nouvellement restauré, renferme des toiles remarquables.

Sur une place, nommée *Kneuterdyk,* se trouvent plusieurs grands palais, parmi lesquels celui du *Ministère
des finances,* celui du prince d'Orange, tout près du
Palais du Roi, qui date du stathouder Guillaume III.
Entre ces deux derniers palais s'élève la statue équestre,
en bronze, du prince Guillaume Ier d'Orange, dont le
piédestal est orné des armes des sept provinces. Le
ministère de la marine possède une collection très complète de tous les objets relatifs aux constructions navales,
aux armements des vaisseaux et à la navigation.

Je ne puis énumérer ici tout ce qu'il y a de remarquable à La Haye où je n'ai fait qu'un court séjour. Cette
ville est du petit nombre de celles de la Néerlande, où le
sol est sec et l'air pur et sain. Les deux tiers de ses rues
sont entrecoupées de canaux bordés d'arbres, et de
belles plantations couvrent ses places. Un air d'aisance
se fait remarquer dans tous les quartiers de cette cité
parlementaire. Les quartiers marchands sont composés
de rues étroites, mais d'une grande propreté. Dans ceux
de la bourgeoisie, les maisons ont une belle apparence;
les rues sont droites, larges et pavées en briques.

Un édifice élégant arrête mon attention : C'est l'hospice d'orphelines et de vieilles femmes, décrit par
Esquiros : « A La Haye, dit-il, sur un quai qu'on nomme
le Spui, au tournant d'un pont, s'élève un grand pavillon de briques à volutes et à bordures de pierre. L'édifice
trempe ses pieds dans l'eau. Une des faces de ce vieux
bâtiment, surmontée d'une horloge, se regarde dans le

miroir tranquille du canal, tandis que de côté, sous d'immenses fenêtres, s'ouvre une petite porte basse : c'est l'entrée. »

Les environs de la ville, si riants et si verts pendant la belle saison, sont encore embellis par de charmantes habitations et des promenades grandioses. Le magnifique et célèbre *Bois de La Haye* (het Bosch), sillonné de superbes allées, est un endroit merveilleux : Des arbres majestueux entrelacent dans les airs leur épais feuillage et ombragent de délicieux pavillons, restaurants ou cafés, servant de lieux de rendez-vous aux promeneurs. Ce bois faisait jadis partie de la forêt qui existait sur les côtes de Hollande ; une partie forme un parc aux cerfs ; et lorsque l'on s'éloigne des avenues régulières qui longent la route et qui sont formées de magnifiques arbres de vieille futaie, c'est encore une véritable forêt avec ses fourrés inextricables et son obscurité mystérieuse. Dans le parc, se trouve la *Maison de Bois*, résidence royale, construite au xviiᵉ siècle, et qui contient de curieuses collections artistiques. Une belle avenue conduit à Schéveningue, village de pêcheurs, d'environ 8,000 habitants, composé de maisons coquettes construites en briques, et abrité du côté de la mer par de hautes dunes.

Sur cette route, de Schéveningue à La Haye, j'ai eu la bonne fortune de voir une pittoresque caravane, formée de robustes villageoises, portant sur leur tête de lourdes corbeilles ou conduisant des charrettes, traînées par des

chiens : C'est ainsi que chaque jour le poisson est trans-
porté sur le marché. .

Cependant, Schéveningue qui, d'après les anciennes
traditions était très pittoresque, perd sa physionomie
originale pour prendre celle de tous les bourgs ou ha-
meaux qui vivent du séjour des baigneurs.

Les maisonnettes masquent peu à peu ce qu'elles
avaient de pittoresque, sous une apparence de confort,
afin de se louer chèrement.

Les femmes de Schéveningue portent encore le singulier petit bonnet blanc, collant sur toute la tête et se
relevant sur les côtés, comme les rebords des chapeaux
de cuirs de leurs maris.

L'usage des cabines est inconnu à Schéveningue : on
conduit les baigneurs à la mer, dans un bizarre et lourd
véhicule traîné par des chevaux; et, à l'intérieur duquel
on peut changer de vêtements.

On a imaginé une machine plus étrange encore, à
l'usage de ceux qui veulent s'asseoir et s'abriter contre
le soleil et la pluie : c'est un grand fauteuil d'osier, à
ample capuchon.

Pendant la belle saison, et quand le temps le permet,
la plage est, tous les dimanches, couverte des familles
de La Haye, qui ont là un but de promenade d'un intérêt
incomparable.

Disons, avant de quitter La Haye, que là comme partout en Hollande, le nettoyage des maisons est pratiqué
par les ménagères avec une véritable passion. Indépen-

damment du balayage et du frottage journaliers, il y a le
samedi de chaque semaine un nettoyage général. Tous
les ustensiles et meubles de la maison, les murs exté-
rieurs et intérieurs, les planchers, les fenêtres, les portes, tout est vigoureusement frotté, à grand renfort de
chiffons de laine, de brosses et de balais. Pendant cette
opération, la rue elle-même subit une véritable inondation ; les servantes lancent contre les fenêtres des jets
d'eau, au moyen d'une petite pompe qu'elles manient
avec une véritable habileté et une grande adresse. On les
voit, aux étages supérieurs, se risquer sur les entable-
ments des fenêtres avec une hardiesse qui fait frémir
l'étranger ; et, sans s'émouvoir, elles procèdent à leur
besogne avec une assurance extraordinaire. Une ménagère hollandaise se croirait déshonorée, si l'on rencon-
trait une toile d'araignée dans ses appartements.

Mais, déjà le train nous emporte vers Leyde, la plus
ancienne ville de la Hollande, bien déchue de son ancienne prospérité industrielle et qui ne compte plus que
40,000 habitants. Elle est traversée par le Rhin, ou
plutôt par celui des bras de ce fleuve qui en conserve le
nom.

« Leyde (*Leyden*), me dit M. Allan, est célèbre dans
l'histoire de notre pays, par le siège qu'elle soutint en
1774, contre les Espagnols, commandés par Valdez.
La ville dans laquelle Pierre Van der Werff, exerçait
les fonctions de bourgmestre, était défendue par Jean
Vanderdoes ; elle fut bloquée le 26 mai 1574, et délivrée

le 3 octobre suivant par l'amiral Boisot, qui fit percer les digues de la Meuse et de l'Yssel. Le résultat de cet héroïque moyen de défense, fut l'inondation d'un terrain d'une étendue de vingt lieues. Un vent du sud-ouest poussa, le 3 octobre, l'eau en abondance vers Leyde, où l'on put faire entrer plusieurs bateaux chargés de vivres.

. . » Cependant, Valdez instruit que la ville était réduite à la dernière extrémité, résolut de tenter l'assaut. Il fut détourné de son projet, par l'intervention de sa fiancée, Madeleine Moons, de La Haye : « Vous allez, lui dit-elle, mettre à feu et à sang la ville qui sert de refuge à mes parents et aux compagnes de mon enfance; mais, je vous déclare que je ne donnerai jamais mon cœur à l'homme assez barbare pour commettre une pareille action. » Valdez fut obligé de promettre qu'il épargnerait Leyde, lorsque la famine l'aurait fait tomber en son pouvoir, mais, il ne fut pas obligé de faire ce sacrifice à sa conscience de soldat.

» Après quatre mois de siège, les défenseurs de Leyde, les femmes, les enfants, les vieillards exténués de fatigue, mourant de faim, se présentèrent devant le bourgmestre à qui ils demandèrent du pain ou la reddition de la ville. Sans s'émouvoir, Van der Werff, tire son épée et montre son cœur : « Du pain, je n'en ai pas, dit-il; mais, si mon corps peut vous nourrir, tuez-moi et partagez-le entre vous tous. »

» Cet acte héroïque de dévouement à la patrie les déconcerta; ils se retirèrent honteux de leurs plaintes,

devant la noble attitude du bourgmestre; et, quelques
jours plus tard, le prince d'Orange, qui avait conseillé à
l'amiral Boisot de rompre les digues, entrait triomphant
dans la ville que le dévouement de Pierre Van der Werff
avait sauvée. »

Autrefois célèbre par son industrie et par le commerce
de librairie qui rendait si actif les presses des Elzéviers,
Leyde est aujourd'hui bien déchue. Cependant, son
Université possède de belles collections, une bibliothèque
considérable, de nombreux manuscrits et elle est toujours très fréquentée. Trop vaste pour sa population
actuelle, cette ville, entourée de fossés et de murailles,
percée de huit portes, n'est que la réunion d'un grand
nombre d'îles, entrecoupées de canaux bordés d'arbres,
couvertes de rues larges et droites communiquant entre
elles par une infinité de ponts, la plupart construits en
pierre. L'église gothique de Saint-Pierre renferme le
tombeau de Boërhaave. Le *Burg*, vieux château, témoin
du fameux siège de 1574, présente un curieux labyrinthe
qui attire l'attention des visiteurs.

A quatre kilomètres de Leyde, au village maritime de
Katwik, on voit les curieuses et gigantesques écluses qui
assurent l'écoulement des eaux du Rhin dans la mer.

CHAPITRE VII

Pendant que nous roulions vers Harlem, nous avions
à gauche la mer du Nord dont nous n'étions séparés que
par une bande de terrain assez étroite; et, à droite, ce qui
avait été autrefois le lac de Harlem et qui se présentait
maintenant à nos yeux sous l'aspect de jardins et de
prairies d'une richesse extraordinaire. Je priai M. Allan,
de me donner quelques renseignements sur les polders
et le dessèchement des lacs qui les ont formés.

— Vous savez déjà, me dit mon compagnon de voyage,
que les terrains, connus sous le nom de polders, étaient
dans le principe, des marais ou des lacs, que l'industrie
hollandaise a endigués, puis desséchés au moyen de la
pompe hydraulique. Une grande partie de la Hollande et
de la Flandre se composait primitivement de marais; et,
des contrées tout entières, ne sont autres choses que des
polders.

Quand on veut dessécher ces marais ou ces lacs pour

les approprier à la culture, on élève d'abord un remblai
assez haut et assez solide pour contenir les eaux. Cela
fait, on procède à l'épuisement à l'aide de machines à
vapeur; mais, autrefois, on ne se servait que de moulins
à vent. Les eaux, extraites par les moulins, sont dirigées
dans un fossé creusé de l'autre côté du remblai, d'où elles
s'écoulent dans la mer, ou simplement dans un cours
d'eau. Souvent, quand les marais sont trop profonds, on
est dans l'obligation de construire plusieurs digues et
autant de canaux, et de faire déboucher graduellement
les eaux dans le canal le plus élevé. Dans le *Schermer-
polder*, par exemple, il a fallu creuser quatre canaux.

Chaque parcelle de terrain de nos polders, forme un
long parallélogramme, séparé des terres adjacentes par
un fossé large et profond qui constitue, pour ainsi dire, le
premier canal. Il sert à l'enlèvement d'une partie de la
moisson; puis, à l'écoulement des eaux qui, sans cela,
séjourneraient sur le sol; et enfin, à contenir les troupeaux qu'on y met au pâturage et qui, sans cet obstacle
qu'ils n'essaient presque jamais de franchir, se répan-
draient dans les propriétés voisines. Ces premiers canaux
communiquent, au moyen des moulins à vent qui les
couvrent, avec les canaux du deuxième degré qui longent
les chemins. Puis, il y a deux ou trois canaux plus élevés,
croisant tout le polder et qui, semblables à de grandes
artères, écoulent leur masse d'eau dans un large et profond canal, creusé au-dessous de la digue et qui est en
communication avec la mer.

— Rien ne me paraît plus curieux, observai-je, que ces canaux établis à trois ou quatre hauteurs différentes.

— Tout a été prévu, reprit M. Allan; et, ces canaux, séparés les uns des autres, peuvent, en cas de besoin, être mis en communication pour rétablir l'équilibre.

La fertilité extraordinaire de ces marécages desséchés s'explique facilement; et, toutes les eaux qui pourraient nuire, sont facilement enlevées par les moulins. Le même système peut servir, en cas de sécheresse, à l'irrigation régulière des récoltes.

Les polders ont un aspect tout différent des autres terrains. Tout vous y rappelle, en effet, que vous marchez sur le fond d'un lac, sur un sol artificiel, pour la conservation duquel tout a été calculé.

Lorsque le dessèchement est achevé, les entrepreneurs partagent en lots réguliers cette terre qu'ils ont si péniblement arrachée, et à tant de frais, à l'empire des eaux. Ils y établissent des canaux et des chemins plantés d'arbres; et, tout cela, en lignes rigoureusement droites. Auprès de chaque lot affermé, se trouvent de petites maisons, bâties d'après un même plan et entourées d'arbres.

— On a dû rencontrer des difficultés extrêmes, avant d'arriver à épuiser une masse d'eau aussi considérable que celle du lac de Harlem?...

— La surface que couvrait ce lac était immense, comme il vous est facile de vous en assurer; mais les difficultés ont été facilement vaincues. C'est même le succès de cette gigantesque entreprise qui a inspiré la pensée de dessécher le Zuyderzée tout entier. Ce serait la conquête de 176,000 hectares de terrain, c'est-à-dire d'une nouvelle province, et la dépense n'est évaluée qu'à 180 millions de florins (378 millions de francs).

— Le sol de votre pays se transforme sans cesse, et ceux qui n'ont pas vu la contrée que nous traversons, depuis trente-cinq ans, auraient bien de la peine à la reconnaître aujourd'hui.

— La Hollande, en effet, vous le voyez maintenant, ne ressemble à aucun autre pays. Les Hollandais avaient vu naître ce lac de Harlem qu'ils ont supprimé; et, il est facile de suivre pas à pas, sur les anciennes cartes, les développements de cette masse d'eau qui avait fini par inquiéter les villes de Leyde et d'Amsterdam.

Il existait, au commencement du xvi° siècle, dans les environs de Harlem, quatre petits lacs insignifiants; et, à côté de ces pièces d'eau florissaient les trois villages de *Nieukerk*, *Dorp Ryk* et *Wijk Huysen*. En 1591, un des trois village avait déjà disparu; et, en 1647, les deux autres avaient subi le même sort. A cette époque, les quatre lacs s'étaient violemment réunis, ensevelissant sous leurs eaux maisons et cultures, et leurs noms particuliers s'étaient confondus en celui de mer de Harlem (*Haarlemmer meer*).

Le lac avait atteint 50 kilomètres de circonférence; c'était une mer et une mer orageuse qui pouvait porter des vaisseaux. Sur cette mer se sont livrées des batailles;

Types et costumes de Schéveningue et de l'île de Marken.

B. F.

des flottes de soixante-dix bâtiments plats y ont manœuvré et plusieurs de ces embarcations y ont péri. Il existe à la bibliothèque de La Haye, un curieux livre hollandais avec des gravures représentant les vaisseaux du lac de Harlem et leurs manœuvres de combat.

Tour à tour d'humeur calme ou violente, ce lac paraissait se comporter suivant des lois particulières. Le 1er novembre 1755, on l'avait vu s'émouvoir au moment du fameux tremblement de terre de Lisbonne, et l'on n'apercevait rien de cette agitation dans la mer. La traversée de ses eaux était périlleuse; il y avait eu plusieurs naufrages.

Comme ces animaux qui deviennent plus surexcitables, plus méchants, avec les années, le lac de Harlem se montrait de jour en jour d'un caractère plus tempétueux. A chaque gros temps, on voyait, dans cette mer intérieure, des montagnes d'eau se soulever, battre avec une grande force les ouvrages de défense et s'écrouler sur les bords en écumant.

C'était un voisin incommode et dangereux; si les ouvrages dans lesquels on avait peine à la contenir, fussent venus à céder, le lac se jetait dans d'anciennes tourbières inondées et eût recruté là de nouvelles forces pour menacer toute la Hollande.

D'un autre côté, on dépensait, à combattre ses empiètements et à le refouler dans son lit, autant d'argent qu'il en eût fallu pour le mettre à sec.

Cependant, le lac de Harlem continuait d'exister, lorsque, le 9 novembre 1836, les eaux, chassées par un vent d'ouest furieux, s'élancèrent par-dessus les digues et les routes, et arrivèrent jusqu'aux portes d'Amsterdam.

Cet évènement décida du sort de *Haarlemmer meer;* dès ce jour, son arrêt fut prononcé; il s'agissait maintenant de savoir comment on pourrait exécuter la sentence.

CHAPITRE VIII

Harlem. — Son histoire. — Horrible massacre. — Les cigognes. — Les veilleurs de nuit. — La grande église. — Laurent Coster. — Les marées. — Les blanchisseries. — L'horticulture. — Tulipes et jacinthes. — Une entreprise comme on en voit peu. — Le Leegh-Water. — Une nouvelle province. — Un sol fécond.

Un coup de sifflet strident, annonçait notre entrée en gare de Harlem; et, préoccupés de nos bagages, il fallut remettre à plus tard la suite de notre entretien sur les travaux de dessèchement du lac.

Harlem, qui compte 34,000 habitants, est une des villes les plus propres et les plus belles du royaume, et en même temps, un centre d'industrie assez important. Elle est située sur la Spaarne, qui la traverse en décrivant des sinuosités, et elle est entourée de beaux parcs, de riches jardins de création récente. Les anciens remparts ont été transformés en promenades.

Longtemps résidence des comtes de Hollande, elle eut, comme Leyde, à soutenir en 1573 un terrible siège, de la part des Espagnols, que commandait Frédéric de Tolède, fils du duc d'Albe. Elle fut prise après sept mois

de siège, après un échange de têtes coupées entre assié-
geants et assiégés, et malgré la défense la plus héroïque
à laquelle les femmes, elles-mêmes, prirent part. Au
mépris de la capitulation, le farouche vainqueur fit
exécuter le commandant, une grande partie de la gar-
nison et plus de 2,000 citoyens. Les Espagnols furent
chassés quatre ans plus tard.

Je n'ai pas encore parlé des cigognes, si communes
en Hollande, où elles sont l'objet d'une protection spéciale : ces intelligents oiseaux construisent leurs nids sur
le sommet des édifices et sur les toitures des maisons les
plus élevées. On les voit au pâturage, à travers les trou
peaux de vaches; rien ne trouble leur sécurité, et on
dirait des oiseaux domestiques.

J'ai mentionné ailleurs les carillons de Rotterdam; ceux
de Harlem ne sont pas moins discordants, et je ne connais rien de plus désagréable, si ce n'est l'avertissement
du veilleur.

Vers minuit, au moment où j'allais m'endormir, je fus
subitement rappelé au sentiment de la réalité, par deux
ou trois grands coups frappés à la porte, en même temps
qu'une voix formidable invitait les habitants à se livrer
tranquillement au sommeil. « Il est minuit; dormez en
paix!... » Le conseil était bon; et, dans ma simplicité de
Parisien, je m'imaginais que le moyen le plus simple de
me laisser dormir en paix, était de ne pas m'éveiller en
sursaut avec un grand luxe de bruit.

A peu près au centre de la ville, est situé le Grand-

Marché, à côté duquel est placée *la Grande église*, ou église de Saint-Bavon, édifice grandiose, en forme de croix, long de 140 mètres, avec une tour de 80 mètres, dont l'ascension est récompensée par la vue d'un splendide panorama.

Un monument placé dans le milieu de l'église est consacré à la mémoire de Conrad, le constructeur des écluses de Katwik et de son compagnon Brunings. Les petits modèles de navires, suspendus à l'une des arcades de la nef, ont remplacé en 1668 d'autres navires analogues détruits par le temps, qui avaient été placés dans la Grande église, en souvenir de la 5e croisade, commandée par le comte Guillaume Ier de Hollande. On peut voir, enchassé dans le mur de l'édifice, un boulet de canon provenant du siège de 1573.

Mais, la curiosité de l'église Saint-Bavon est l'orgue, construit de 1735 à 1738, par Chrétien Muller, et qui passait, autrefois, pour le plus puissant du monde; il est, encore aujourd'hui, un des plus importants qui existent. Ce magnifique instrument qui compte 4 claviers, 64 registres, 5,000 tuyaux dont les plus grands ont près de 40 centimètres de diamètre et 10 mètres de longueur, constitue à lui seul un bâtiment soutenu par des colonnes de porphyres et occupant, jusqu'à la toiture, tout un côté de l'église. Le son est d'une étendue, d'une puissance incomparable. Un groupe en marbre représente la poésie et la musique religieuses, rendant grâce à la ville de Harlem, pour la construction de ce chef-d'œuvre.

La grande place du Marché servait autrefois aux tournois; mais, depuis longtemps, les habitants de Harlem ne joutent plus qu'avec des fleurs...

« Cependant, Anne Radcliffe, de sombre mémoire, raconte qu'à son passage à Harlem, en 1794, elle vit deux pièces de canon braquées devant le corps de garde du Marché. Il y avait d'autres batteries aux portes de la ville. Les Harlemois avaient pris parti, dès 1787, contre le stathouder Guillaume V; c'était une cause de divisions intestines; en 1793, le stathouder fut obligé de se réfugier en Angleterre; mais son expulsion, favorisée par l'intervention française, n'avait pas suffi apparemment pour apaiser tout à fait les esprits. » (1)

Poussant à l'exagération le culte de leurs grands hommes, les Hollandais ont érigé sur la grande place, devant l'église, une statue à Laurent Coster, le prétendu inventeur de l'imprimerie, dont l'existence est révoquée en doute.

A Gutenberg restera la gloire et l'honneur d'avoir inventé le grand art.

La Spaarne qui serpente à travers la partie est de la ville, est de la largeur d'un grand canal; ses eaux ne sont point sillonnées de barques nombreuses; mais, les quais sont bordés de fort jolies maisons.

La grande porte de brique, dite porte d'Amsterdam, est une ancienne construction espagnole très remarquable. Quelques grilles de fer fixées aux fenêtres, m'avaient

(1) Magasin pittoresque.

fait supposer que ce vieil et solide édifice servait de
prison; mais, le gardien m'a assuré qu'il était le seul
habitant de cette résidence.

Les musées de Harlem, comme ceux des autres villes
des Pays-Bas, contiennent des collections fort remarquables.

Tout un côté de la ville est limité par le *Bois de Harlem*, magnifique forêt de hêtres, coupée de charmantes
promenades, peuplée de daims apprivoisés et renfermant
des cafés et des restaurants.

Les blanchisseries de Harlem sont redevables de leur
réputation à la qualité de l'eau. Avant qu'on eût trouvé
le moyen d'opérer le blanchiment par le chlore, on
apportait dans cette ville les toiles fines de Silésie et de la
Frise, qu'on exportait ensuite, sous le nom de toiles de
Hollande.

Harlem est célèbre par les résultats qu'elle obtient en
horticulture. C'est vers la fin d'avril et au commencement de mai, que les immenses parterres de tulipes,
d'oreilles d'ours, d'œillets, qui se déploient, au sud de la
ville, étalent leurs beautés multicolores et répandent
dans l'air leurs plus suaves parfums. Beaucoup des
grands jardins de l'Europe s'approvisionnent à Harlem.

Mon compagnon me parla de l'engouement que ses
compatriotes avaient toujours eu pour les fleurs et particulièrement pour les tulipes :

— Au xviiᵉ siècle, dit-il, on eut, dans ce pays, la
manie des tulipes poussée à un degré incroyable. Des

espèces rares et remarquables par leur beauté, furent vendues à des prix inouïs. On a conservé les documents officiels établissant que le 5 février 1657, des collections de tulipes atteignirent les prix suivants : Un oignon de *vice-roi,* — tulipe blanche à taches violettes,— a été vendu 4,200 florins; un autre de la même espèce, mais plus petit, 3,000 florins; un *amiral Liefkens,* 1,015 florins; un *Bellaart,* 1,520 florins; un *Sjery Katelyn,* 2,710 florins, etc.

Et des oignons de tulipes atteignirent à la Bourse, des prix encore bien plus élevés; car, on spécula sur ces objets, comme aujourd'hui on spécule sur les rentes et les actions. Des spéculateurs vendaient, à des prix énormes, des oignons qu'ils ne possédaient pas, mais qu'ils s'engageaient à livrer à une date fixée : Un *Semper Augustus* s'est payé 13,000 florins; un autre 4,500 florins, etc...

Les chroniques rapportent qu'une seule ville hollandaise vendit, à cette époque, pour 10 millions d'oignons de tulipes, et l'on cite une personne d'Amsterdam qui, en quatre mois, gagna 68,000 florins à ce commerce. Mais, certains acheteurs refusèrent de payer; et, en 1673, les Etats déclarèrent que les stipulations, faites dans ces marchés insensés, n'auraient aucune valeur légale. Cette mesure eut pour résultat de faire tomber les prix; et l'on put, dès lors, se procurer un *Semper Augustus,* pour 50 florins, ce qui était encore bien raisonnable.

Un siècle plus tard, le commerce des *jacinthes* prit, à son tour, des proportions semblables; une pièce officielle de 1734, mentionne la vente d'un oignon d'une de ces plantes pour 1,600 florins.

Depuis le dessèchement du lac, l'agriculture et le jardinage ont considérablement progressé, — grâce à l'action du vent et de la vapeur, — ainsi que me l'expliqua M. Allan, en reprenant la conversation commencée en chemin de fer, et interrompue au moment de notre arrivée.

Le dessèchement du lac, reprit-il, avait été plusieurs fois proposé, et divers systèmes avaient été mis au concours.

En 1643, un ingénieur « *faiseur de moulins*, » Jean-Adrien Leegh Water, voyant le péril qui menaçait la Hollande, si le lac de Harlem continuait d'exister, avait publié à Amsterdam un petit ouvrage, dont la conclusion était : « Il faut se débarrasser de cette masse d'eau ruineuse et embarrassante. » A cet ouvrage étaient joints un plan de dessèchement et une carte. L'auteur du projet avait besoin de 140 moulins à vent pour déverser l'eau du lac dans la mer. Ce projet rencontra plus d'un genre d'objection : « Il faudrait, disait-on surtout, que le vent se fît sentir vite et longtemps dans la même direction, pour que les moulins travaillent convenablement et utilement. »

Beaucoup d'autres systèmes se produisirent; mais, pour extraire cette puissante masse d'eau, il fallait une force considérable, indépendante des variations de l'atmosphère, soumise entièrement à la volonté de l'homme.

Ces plans n'étaient, relativement aux moyens d'exécution, que des utopies; il leur manquait une découverte qui levât tous les obstacles et qui rendît praticables toutes les hardiesses du génie humain; il leur manquait la vapeur.

La force de la vapeur trouvée, le dessèchement du lac de Harlem était décrété en principe. Cette découverte changea, en effet, de fond en comble, les conditions de cette œuvre difficile et jusque-là téméraire.

Au mois d'avril 1840, une commission partit pour aller en Angleterre : elle était chargée de faire des recherches sur la vapeur et de suivre les expériences faites sur les machines d'épuisement. On sait, en effet, quel parti la Grande-Bretagne a tiré du nouveau moteur, à quelles profondeurs elle est allée chercher l'eau de ses mines; et, à l'aide de quelles puissantes pompes elle a chassé cette eau vers la surface du sol; mais rien de tout ce qui avait été fait et pratiqué jusque-là, n'était applicable à l'entreprise du lac de Harlem : il fallait un système de machines tout nouveau. Après quelques essais, les principaux organes du nouvel appareil, furent constitués : C'était moins une machine qu'un être colossal et animé; on lui donna le nom de Leegh Water en souvenir de celui qui, le premier, avait osé concevoir une pareille entreprise; et, dit finement M. Allan, les personnes qui croient à la prédestination des noms, peuvent exercer leur sagacité sur celui-ci, car *Leegh Water*, en hollandais, signifie *vide-eau*.

Vue de Delft, avec la tour de l'Eglise-Neuve, construction du xv⁰ siècle.

B R F

Le *Leegh Water*, continua-t-il, commença l'épuisement des eaux, le 7 juin 1848 ; deux autres machines vinrent bientôt à son aide ; et, vers 1855, le dessèchement total était un fait accompli.

En cette année 1855, me dit M. Allan, un de vos compatriotes, Alphonse Esquiros, vint visiter le lac de Harlem ; mais, cette redoutable mer intérieure n'existait déjà plus. Le *Leegh Water* travaillait encore, mais c'était à soutirer les eaux superflues d'un petit bassin, faible et dernier vestige de ce qui avait été le *Haarlemmer meer*.

« L'édifice contenant la machine, écrivait-on alors, est une tour ronde, placée au midi de l'ancien lac et assise sur une forêt de pilotis..... A cette tour est adossé un bâtiment carré pour les chaudières. Quelques-unes des pièces intérieures du Leegh Water, sont d'une grandeur inconnue jusqu'ici dans le monde mécanique. Le *Leegh Water* ne fonctionne pas ; il travaille, il vit, tant une économie intelligente préside à tous ses mouvements. Onze pompes, — vastes et puissants suçoirs, fixés au flanc de la tour, — lui donnaient l'air d'un polype gigantesque, occupé à boire les eaux du lac. »

Dans l'espace de trente-neuf mois, les machines avaient tiré 924,266,111 mètres cubes d'eau, et consommé 25,789,920 kilogrammes de houille.

« Ces terres, récemment desséchées et comme étonnées de voir le jour, écrivait-on encore, ces chemins à peine tracés où l'on marche et où hier on naviguait, ces oiseaux qui chantent où nageaient les poissons, tout cela

6

forme un spectacle unique et curieux... Et, à propos
d'oiseaux, ajoutait l'auteur de ces réflexions, j'ai rencontré, chemin faisant, quelques bandes d'espèces aquatiques venues avec le printemps et toutes surprises de ne
plus retrouver le lac qu'elles avaient connu. Les pauvres bêtes se demandaient si elles avaient perdu la tête,
ou bien si c'était la nature qui était devenue folle. Ni
l'un, ni l'autre; c'était l'homme qui avait passé là; sous
son souffle, les mers aujourd'hui se dessèchent. Dix-huit
mille hectares de terres retrouvées ont été vendus et
bien vendus. Le sol se rencontre triste, nu, et tel que
reparaîtrait le sol de l'Europe, après trois siècles, s'il eût
été couvert par un déluge universel. La civilisation recommence dans le désert, et elle recommence par le
travail. Déjà on rencontre quelques paysans qui élèvent
des habitations. D'autres cabanes provisoires en planches, ou même en paille, annoncent le retour de la vie
pastorale dans ces lieux qui furent autrefois le domaine
de l'homme et d'où l'homme s'était retiré. Quant aux
anciens villages engloutis, on n'en a pas même retrouvé
la trace; du moins, ces villages sont vengés : leur ennemi
n'est plus. On s'attendait à recueillir, au fond du lac,
mis à sec, des pièces de monnaie, des médailles, des
ouvrages d'art, et les débris des vaisseaux qui y ont autrefois fait naufrage. Jusqu'ici, ce qu'on a trouvé est peu de
choses; mais, l'agriculture en remuant ces terres, déter-
rera probablement d'autres richesses. Un trésor plus
certain, du reste, que les pièces d'or ou d'argent enfouies

dans le sol, c'est celui dont parle le fabuliste : « Tra-
vaillez, prenez de la peine. » Ce fonds qui manque le
moins est déjà cherché, exploité par la bêche. Des essais
de culture ont été tentés sur l'emplacement de l'ancien
lac, et ont réussi au-delà de toute attente. En 1855, on
a semé du colza; c'est toujours par-là qu'on commence
dans les polders desséchés; la première récolte a été
magnifique, et l'on n'espère pas moins de la seconde.
Maintenant, la terre est, au printemps, toute jaune de
fleurs, et des industriels ont amené des abeilles exoti-
ques pour butiner cette moisson d'or. On a vu là comme
un présage des richesses que ce sol doit produire entre
les mains des cultivateurs hollandais. Jusqu'ici les habitations s'étaient élevées sans ordre, et les terres n'étaient
point classées. Quelques enfants étant venus au jour, par
hasard, dans ces maisonnettes de bois ou de brique, on
ne savait à quelle commune rapporter leur état civil. La
loi n'avait pas prévu qu'on dût naître dans cet endroit-là.
Aujourd'hui, des circonscriptions ont été tracées, des
villages et des églises s'élèvent; des canaux, des routes,
des avenues d'arbres doivent bientôt varier la figure de
cette plaine monotone et telle que l'ont faite les eaux.
C'est un monde qui naît. Dans quelques années d'ici, ces
mêmes enfants, dont il y a six mois la patrie n'existait
pas encore sur la carte, seront les habitants d'une riche
campagne, peut-être même les propriétaires d'une ferme,
où les vaches reviendront le soir, les flancs pleins d'herbe
et les mamelles gonflées de lait. »

Toutes les promesses du début de cette gigantesque entreprise se sont donc réalisées ; et, aujourd'hui, les polders de Harlem comptent parmi les terrains les plus riches et les mieux cultivés du sol néerlandais.

Ce jour-là même, mon compagnon et moi, nous franchissions les 16 kilomètres qui nous séparaient d'Amsterdam. Je me réjouissais d'avoir entrepris ce voyage pendant lequel les sujets d'observations les plus inattendus, ne devaient pas me manquer un seul jour.

CHAPITRE IX

— Il faut, disais-je à M. Allan, que toutes ces digues qui nous entourent soient bien puissantes pour résister à l'action des masses d'eau qui les pressent.

— La première précaution, pour l'établissement de ces digues, est de les asseoir, s'il est possible, sur un fondement solide. A cet effet, le terrain doit être soumis au battage. Les remblais sont construits avec de la terre, du sable et de l'argile, qui sert de ciment. Quant à la surface, elle est composée d'une espèce de fascinage, fait avec des branches de saules; les interstices sont remplis d'argile, de manière que le tout forme une masse solide et bien compacte. Tous les trois ou quatre ans, on procède à la réparation ou au renouvellement des fascines, et ces travaux continuels exigent une consommation énorme de branchage : Voilà ce qui vous explique la

85

grande étendue de terrains consacrée, de tous côtés, aux plantations de saules. En outre, beaucoup de digues sont plantées d'arbres dont les racines contribuent également à la consolidation du sol, et pourvues soit d'un revêtement en maçonnerie, soit d'une palissade servant à briser les vagues. La partie supérieure est recouverte de gazon. Ces constructions sont souvent peu apparentes en comparaison de leur importance; et, il vous arrivera d'en fouler aux pieds sans les avoir remarquées. Les digues les plus gigantesques sont celles du Helder et de West-Cappel. La dépense annuelle pour l'entretien des digues et autres travaux hydrauliques, figure au budget de l'Etat pour 6 à 7 millions de florins. Un corps spécial d'ingénieurs a pour mission de surveiller constamment l'état des eaux, de prévenir la rupture des digues et de procéder aux travaux de reconstitution.

Un étranger ne peut mieux se faire une idée du danger permanent qui nécessite toutes ces mesures, qu'en se promenant au pied d'un de ces immenses massifs. Il ne manquera pas de faire quelques réflexions sérieuses en entendant, à quatre ou cinq mètres au-dessus de sa tête, le mugissement des vagues qui se brisent contre les flancs de la digue. Aussi, vous entendez dire justement à mes compatriotes : « Dieu a créé la mer; et nous, nous avons créé les côtes. »

— Vous avez aussi des dunes qui doivent appeler l'attention de vos ingénieurs?

— Ces grands monticules qui s'étendent le long de

nos côtes, se forment, à la longue, par l'action du vent
sur les amas de sable des bords de la mer. La rangée
extérieure de ces dunes n'a aucune consistance ; et, semblable aux amas de neige qui couvrent les Alpes, un
coup de vent peut les renverser. A peine la mobilité du
sable permet-elle à la laîche ou à la bruyère d'y pousser
des racines. Les dunes du milieu sont les plus larges et
les plus hautes. Celles de l'intérieur, probablement les
plus anciennes, ont une végétation beaucoup plus riche
et elles sont beaucoup plus consistantes. Entre les se—
condes et les dernières, le terrain est propre aux pâturages et à la culture maraîchère, surtout à celle des
pommes de terre, et l'on y voit beaucoup d'habitations de
paysans. Les lièvres et surtout les lapins pullulent dans
toutes nos dunes.

Pour empêcher que le sable des dunes mouvantes ne
vienne couvrir les terres avoisinantes, on sème tous les
ans sur ces sables, des plantes propres à s'y développer
et particulièrement la laîche (*carex arenaria*). En peu de
temps, les longues racines traçantes de cette plante, s'entrelacent à un tel point qu'elles resserrent le sable et le
recouvrent d'une végétation qui, en grandissant et en se
décomposant, forme à la longue une couche de terre
végétale, dans laquelle la pomme de terre peut parfaitement mûrir et qui permet même l'établissement de belles
sapinières.

Nous arrivons à Amsterdam, et nous touchons au but
de notre voyage.

Le siège du gouvernement des Pays-Bas est à La Haye, mais la capitale est *Amsterdam*, ville d'environ 300,000 habitants, à l'embouchure de l'Amstel; c'est à cette rivière et à la digue (*dam*) qu'elle doit son nom. D'immenses prairies, parsemées de villages et d'habitations isolées, entourent la ville; le cours tranquille de l'Amstel, dont les bords sont, pendant la belle saison, couverts de prairies verdoyantes et d'arbres chargés de feuillage, complètent le brillant tableau qu'offrent ses environs. Une foule de canaux, la plupart bordés de rangées d'arbres, la traversent en formant quatre-vingt-dix îles qui communiquent entre elles par 300 ponts.

Les rues, presque toutes alignées au bord des canaux, sont bien pavées, garnies de trottoirs; rien n'égale la richesse de quelques-unes dont les maisons, peintes de diverses couleurs, sont garnies des étoffes les plus luxueuses. La profusion des magasins, dans lesquels sont amoncelés les produits des deux mondes, annonce la richesse d'une ville qui posséda longtemps le commerce de l'univers.

Toute la ville est bâtie sur des pilotis de 4 à 6 mètres de hauteur : La couche de terre supérieure n'est composée que de limon et de sable mouvant, de sorte que la solidité des édifices dépend entièrement des pilotis enfoncés dans les couches inférieures de sable fixe. Les ouvrages souterrains absorbent presque toujours la moitié des frais de construction.

L'Amstel a un peu moins de trois mètres d'eau; les

canaux n'en ont guère plus d'un mètre et à peu près
autant de limon ; aussi, les navires, en remuant cette
fange, laissent-ils derrière eux une traînée d'eau bour-
beuse et insalubre répandant dans la vaste cité des miasmes dangereux. Pour obvier, autant que possible, aux
émanations de l'eau des canaux, une machine à vapeur
en pompe dans le Zuyderzée, pour l'envoyer dans ces
canaux et y établir un courant.

L'absence complète d'eau de source est un des grands
inconvénients de la ville : Les maisons sont toutes
munies de citernes aménagées pour recueillir avec soin
chaque goutte d'eau de pluie. Depuis 1854, de l'eau
potable est amenée dans la ville, par des tuyaux souterrains, au moyen d'une pompe foulante : Cette eau pro-
vient d'un immense réservoir de 3 hectares de surface
avec une profondeur de 6 mètres, et situé dans les dunes,
à 1 kilomètre et demi de Harlem.

Amsterdam est la clef des fortifications de la Hollande.
Tous les environs peuvent être rapidement couverts
d'eau à l'aide de son système étendu d'écluses ; et, des
forts détachés défendent en outre les abords de la ville, du
côté de la terre.

Le *Dam*, vaste place, à peu près au centre de la ville,
à l'ouest de la vieille digue (*dam*) à laquelle Amsterdam
fut d'abord redevable de son importance, est encore aujourd'hui le centre de la circulation. Elle est entourée de
beaux édifices et toutes les rues les plus animées y aboutissent. C'est sur le Dam que s'élève le monument, dit

la *Croix de métal,* du nom de la médaille commémorative
des campagnes de 1830 et 1831. C'est également autour
de cette place que se dressent le palais royal, l'église
neuve, la Bourse, etc.

Le palais royal, anciennement Hôtel de Ville, a été
construit en 1668, immédiatement après la conclusion de
la paix de Westphalie et n'a pas coûté moins de huit
millions de florins. Il repose sur 13,659 pilotis et mesure
80 mètres de long : la tour de 51 mètres de hauteur,
renferme un beau carillon ; la flèche de cette tour a pour
girouette un vaisseau doré.

L'église neuve, construite au xv⁰ siècle, est un des plus
beaux édifices religieux de la Hollande. Elle renferme le
monument du célèbre amiral Ruyter, mort en 1676 des
suites des blessures reçues à la bataille de Syracuse.

En face du palais royal se trouve la Bourse, bel édifice
moderne élevé sur 3,469 pilotis ; le péristyle est formé de
quatorze colonnes d'architecture ionique ; la toiture est
en verre. Tout le monde a entendu parler du tumulte
d'une Bourse au moment des affaires. Une coutume
curieuse se rattache à celle d'Amsterdam :

Pendant toute une semaine, en août ou en septembre,
à l'époque où avait lieu autrefois la kermesse, la Bourse
est abandonnée aux ébats bruyants des enfants d'Amsterdam ; ils y circulent toute la journée au bruit du tambour et des fifres et de mille autres instruments discordants. Cette coutume se rattache, dit-on, à un fait histo-
rique : Des enfants auraient un jour découvert un attentat

Le vivier est un étang, au centre de la ville, avec un îlot, des cygnes et des canards (page 52).

des Espagnols, au moment où ils allaient faire sauter l'ancienne Bourse et auraient empêché l'exécution de cette action criminelle.

Le peu de temps dont nous disposons ne nous permet pas la visite des musées, dont les collections sont splendides ; je compte en voir quelques-uns à mon retour de Marken. Sur le nouveau marché, mon attention est attirée par une construction du moyen âge, à cinq tours rondes. M. Allan m'explique que c'est une ancienne porte de la ville qui servit plus tard de *Poids public,* et qu'on appelle encore *Saint-Anthonieswaag* (Poids Saint-Antoine). C'est, maintenant, un poste de pompiers.

Nous visitons le port où règne toujours une grande animation et où de nombreux bâtiments chargent et déchargent leurs cargaisons. De magnifiques digues forment deux vastes bassins — docks de l'Est et docks de l'Ouest, — pouvant contenir 1,000 bâtiments de fort tonnage. A l'entrée d'un de ces bassins se dressait autrefois la tour de l'*emballage des harengs,* près de laquelle s'exécutaient, sous la surveillance d'un fonctionnaire public, toutes les opérations relatives à l'emballage et à l'expédition de ce poisson. Partout, aux alentours, de petites maisons sont habitées par des cordiers et des marchands de toutes sortes d'objets à l'usage des matelots.

Nous voici à la *tour des pleureurs,* construction du xv⁵ siècle, servant aujourd'hui de bureau à la direction du port, et je demande à M. Allan l'origine de cette singulière dénomination :

— C'est, me dit-il, de ce quai que partaient autrefois nos navires pour toutes les parties du monde. Le quai et la tour ont reçu leur nom des larmes versées par les femmes et les enfants, au départ de leurs maris et de leurs pères.

A l'extrémité du quai du port se trouve l'*école de la marine*, dans laquelle une soixantaine de jeunes gens reçoivent une instruction théorique et pratique se rapportant aux diverses branches de l'enseignement maritime. On voit, dans la cour de cet établissement, une frégate avec tous ses agrès servant à l'instruction des élèves.

L'*entrepôt de l'Etat*, avec ses magasins et ses docks, est le port franc d'Amsterdam, pour les marchandises qui sont destinées à l'étranger ou qui doivent rester provisoirement, pour des raisons diverses, exemptes de droits. Les plus forts navires marchands peuvent venir faire leur déchargement devant ces magasins. Les noms des villes et des pays de provenances sont inscrits au-dessus de l'entrée de chaque compartiment : Les mots Amérique, Afrique, Cuba, Arkhangel, Saint-Pétersbourg, Smyrne, Hambourg, etc... prouvent l'extension du commerce de la Hollande. C'est dans ces magasins immenses que, plusieurs fois par an, ont lieu de grandes ventes publiques de denrées coloniales, qui attirent des négociants de tous les pays.

La *maison des matelots* est un édifice d'un aspect imposant dans lequel les marins, momentanément sans service, trouvent la nourriture et le logement.

Enfin, les *chantiers de l'Etat*, les plus vastes du royaume, qui occupent la moitié de l'île de Kattemburg, fixent à leur tour notre attention. On y fabrique tout ce qui est nécessaire par le gréement des vaisseaux de guerre.

Tout près du port, se trouve un nouveau quartier autrefois occupé par des parcs : C'est le *Plantage*. Nous entrons dans le jardin botanique, remarquable surtout par ses nombreuses variétés de palmiers. Les visiteurs se pressent dans une belle serre où s'épanouit, dans un immense bassin, la *victoria-regia*, ce nymphéa gigantesque dont les fleurs ont cinquante centimètres de diamètre et dont les feuilles ne mesurent pas moins de six mètres de circonférence. Ces feuilles, munies sur leur page inférieure de cellules pleine d'air peuvent, quand elles sont chargées également, supporter un poids de cinquante à soixante kilogrammes.

Le jardin zoologique, placé à peu de distance du jardin botanique, est un des plus riches établissements de ce genre, en Europe; il peut rivaliser avec celui de Londres. Voici d'abord, près de l'entrée, les chameaux, les lamas et les cerfs; puis, la galerie des oiseaux chanteurs et des perroquets; celle des reptiles qui contient de magnifiques spécimens. La partie consacrée à la pisciculture, mérite une mention spéciale : C'est par centaine de mille que, chaque année, l'administration met des saumons et des truites dans toutes les rivières de la Hollande. Nous passons devant les cages des singes dont nous admirons les grimaces grotesques et les bizarres culbutes, et nous arrivons à l'étang peuplé d'oiseaux aquatiques de toutes sortes. C'est ensuite la collection des bêtes à cornes et des moutons ; puis, le grand bâtiment des animaux carnassiers, contigu à celui des éléphants. Plus loin, ce sont les antilopes, les girafes, les zèbres ; les aigles et les vautours ; les buffles et les hippopotames. En un mot, c'est la faune du monde entier qui se trouve exposée à la curiosité des visiteurs.

Nous avons encore bien des choses à visiter à Amsterdam ; mais, mon compagnon est impatient de revoir les dunes ; et, ce soir, le bateau nous fera, en moins d'une heure, franchir notre dernière étape. Comme mon séjour à Marken sera de quelque durée, je reviendrai à Amsterdam et j'entretiendrai mes jeunes lecteurs de divers autres points de cette partie de la Hollande.

CHAPITRE X

Le bateau stoppe; nous touchons au port : madame Allan attend son mari; elle est accompagnée de ses deux charmants enfants, un garçon de dix ans, une fillette de sept ans; la présence d'un étranger paraît les intimider un peu.

La femme de mon compagnon de voyage est une véritable hollandaise, bien prise dans sa taille, dont les proportions ne sont pas exagérés, le teint clair avec de grands yeux bleus, toute gracieuse avec le front ceint de larges plaques d'or, et coquettement coiffée d'un bonnet de dentelles de Flandre. Elle parle français comme son mari et me dit, de la façon la plus charmante, que le meilleur accueil m'est réservé dans leur modeste maison.

Un petit bateau charge nos bagages et nous transporte à *Kerkbuurt,* la localité principale de l'île, et où se trouvent située, à un kilomètre du port, l'église, la maison

7

commune, l'hôpital, le presbytère et la maison de l'instituteur.

Je m'occupe de m'installer dans la petite chambre qui a été préparée à mon intention, pendant que mes aimables hôtes s'abandonnent à des épanchements, bien légitimes, après une longue séparation.

Jeune fille de Beijerland

Je viens de parler des plaques d'or, ornant le front de madame Allan ; j'ai déjà fait allusion à cette parure, dans le cours de mon récit, mais comme cette particularité pourrait paraître étrange à mes jeunes lecteurs français, il faut que je dise quelques mots de ces curieuses coiffures qui complètent si singulièrement le costume des Hollandaises.

La plupart des Hollandaises portent, sous leur bonnet, aux tempes et au front, des ornements en argent et en or. Quelques-unes n'ont que des spirales en or, à la hauteur des yeux, ou vers le milieu du front ; et, c'est ce genre d'ornements qui m'a paru dominer à Rotterdam. Mais, ces décorations varient d'une manière étrange, suivant les provinces : « C'est une véritable science, me disait hier encore M. Allan, d'être en état de reconnaître le pays de chaque femme ou fille, selon la forme de sa coiffure et les détails d'orfèvrerie qui la distinguent. »

Dans la Hollande septentrionale, cette partie de la toilette est très riche et très compliquée; voici comment elle est décrite par l'auteur des « *Costumes des Pays-Bas* » :

« On coupe les cheveux fort courts et on les couvre d'un bonnet de dessous de satin blanc, bordé de fleurs noires; on adapte à ce bonnet, par derrière, un petit bonnelet, afin d'empêcher certain anneau placé autour du bas de la tête de se déplacer. Aux extrémités de cet anneau s'attachent de grandes plaques carrées, garnies à l'avant d'ornements en reliefs. Les célibataires et les domestiques portent l'anneau et les plaques, le plus souvent en argent; dans les classes aisées, ils sont en or. Les aiguilles ou

Jeune fille de la Frise

bandes à cheveux, en or, dont les côtés larges se trouvent derrière les plaques, montent en s'amoindrissant jusqu'au sommet de la tête; aux extrémités inférieures, on porte, de même que sur l'aiguille large ou bande du front, des ornements ciselés. Cette aiguille du front se place en travers sur tout le front; les femmes mariées portent le haut bout à droite, les filles à gauche; dans les classes très aisées, elle est surmontée de diamants. Dans les environs de Purmerende, les plaques sont sou-

vent aussi ornées de diamants et d'autres pierres précieuses; les aiguilles d'or, placées derrière les boucles,
sont presque toujours montées en diamants ou grenats. »

Dans l'île de Beveland, province de Zélande, le bonnet de dessous est noir et garni, à la hauteur des joues,
de petites boucles en or, auxquelles sont adaptées de
beaux pendants; et, au-dessus des boucles, des boutons
ou des aiguilles d'or travaillés à jour. L'aiguille du front,
ornée de fleurs d'or, se porte perpendiculairement et
descend jusqu'entre les sourcils.

A Giethoorn, province d'Over-Yssel, les coiffes de dentelle ne sont pas en usage, et les femmes portent extérieurement, sur une espèce de calotte de mérinos noir,
les larges plaques d'or, ordinairement à demi couvertes
par des bonnets transparents. Ces plaques sont ornées
de grandes rosettes à la hauteur de l'œil.

La plus simple coiffure est peut-être celle des femmes
de l'île de Schokland, dans la même province. Leur
bonnet est en toile bleue, sans aucun ornement, sauf
quelques plis qui peuvent le faire ressembler à un gâteau
de Savoie.

C'est à Vlaardingen et à Maasluis, dans la Hollande
méridionale, que les femmes s'ornent de ces aiguilles ou
bandes en or, se relevant vers le sommet de la tête,
comme de longues cornes, soit dessus, soit dessous les
coiffes. Les plaques de côté, en or, sont pesantes et larges; et, dans la classe riche, les pendants sont garnis
de pierreries fines.

Dans l'île de Marken, le bonnet, à peu près semblable de forme à celui de l'île de Schokland, est cependant un peu plus orné. Une bande de carton le soutient à la base ; un petit cercle entoure le bord supérieur, des bandes de fil d'estame rouge qu'on entrevoit dans le linon, et quelques ornements noirs brodés, ne parent que mé-

Jeune fille de Zaandam ou Saardam

diocrement cette espèce de haute toque ou chapeau sans bords. (1)

La femme de mon hôte portait la coiffure des environs de Broek.

J'écrivais mes impressions de voyage lorsqu'on vint me prévenir que le dîner m'attendait, et bientôt je prenais place à la table de ces bons Hollandais, dont l'affectueuse hospitalité me pénétrait de la plus vive reconnaissance.

Le repas, très confortable, était convenablement servi; d'excellent poisson, préparé de diverses sortes, en formait l'élément principal. Les enfants vinrent s'asseoir à côté de leurs parents et je fus charmé de leur discrétion et de leur bonne tenue. Ils eurent bientôt fait connaissance avec le Français, qui les apprivoisa complètement, en leur faisant connaître que sa malle recélait dans ses

(1) La plupart de ces détails sont empruntés au Magasin pittoresque.

profondeurs mystérieuses, de beaux jouets de Paris, qui leur étaient destinés. J'avais, en effet, avant mon départ, pensé aux deux charmants enfants dont M. Allan parlait souvent.

Mais comme j'étais venu en Hollande, et particulièrement dans l'île de Marken, avec le projet d'en étudier les mœurs, j'amenai la conversation sur la façon dont l'alimentation des habitants de l'île était réglée.

— La nourriture des familles de l'île, me dit M. Allan, est abondante, quoique distribuée avec une sage économie, et elle présente surtout une grande régularité. Cependant, quand la pêche a été mauvaise, on mange plus de pain de seigle que de pain de froment. Au contraire, quand la pêche a été bonne, on prend le dimanche, en famille, une tasse de thé avec du sucre et du lait, ou bien un pot de bière. Les membres de la famille qui vont à la pêche ne sont à la maison que le dimanche; les autres jours, les pêcheurs mangent à bord de la barque. Là, ils ne consomment d'aliments chauds que deux fois par jour; mais, chaque fois qu'ils lèvent les filets, ils prennent du café avec du pain de seigle et du beurre ou du fromage.

Les membres de la famille qui restent à la maison, font, par jour, six repas : Vers six heures et demie du matin, un premier café; à huit heures le déjeuner, composé de café, de pain et de fromage. Après ce repas, on lit quelques passages de la Bible et chacun se rend à son travail.

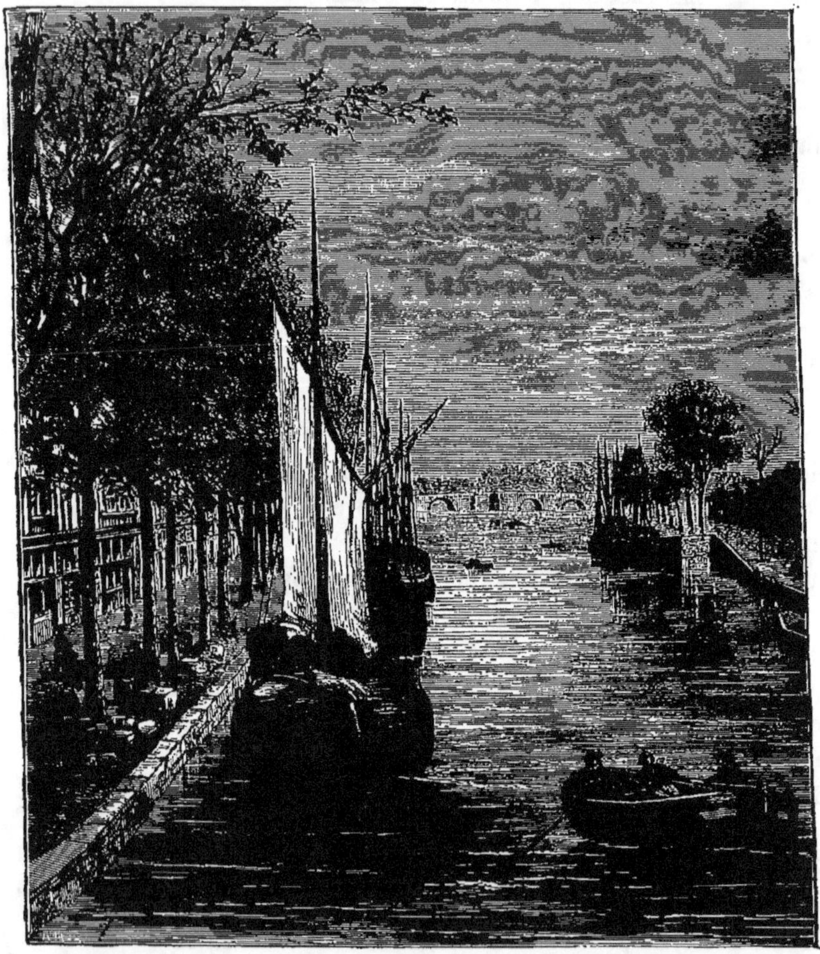

Leyde n'est que la réunion d'un grand nombre d'îles, entrecoupées de canaux bordés d'arbres
(page 61)

A midi, on prend le deuxième café, avec du pain, du poisson salé ou fumé, du beurre ou du fromage. A quatre heures, c'est le dîner, composé de poisson, de viande ou de lard avec des pommes de terre, des pois ou des fèves. Le dimanche on sert généralement deux plats de légumes, mais rarement de la soupe. A sept heures a lieu le goûter, composé encore de pain de seigle, avec du beurre ou du fromage et encore du café. Enfin, à dix heures, c'est le souper pour lequel on sert — avec du pain de seigle ou de froment, ou du biscuit, — du poisson sec ou fumé, et toujours du café.

— Ce mode d'alimentation, dis-je à mes hôtes, diffère absolument de celui de nos ouvriers ou agriculteurs français. Les repas sont au nombre de trois ou quatre, suivant les contrées, mais jamais plus.

— Si entre les repas, dit madame Allan, les enfants demandent un morceau de pain, on ne le leur refuse jamais.

— C'est que, reprit son mari, notre climat et les rudes travaux de nos pêcheurs exigent une alimentation solide. Les dimanches et les jours de fêtes, on modifie les heures de repas, à cause des offices; le dîner est servi à une heure; et, l'on goûte avec du thé sucré en revenant du temple.

Si le Markois ne se porte jamais à l'excès des liqueurs fortes, en revanche, l'usage du café est très répandu parmi la population de l'île. On se dit, en s'abordant : « Avez-vous pris votre café. » C'est la première politesse

que l'on se fait, la première demande que l'on s'adresse,
quand on se rencontre ou quand on fait une visite.

La courtoisie me faisait un devoir de ne pas prolonger
cette première soirée, et je demandai la permission de
me retirer de bonne heure. J'avais réellement besoin de
me reposer, avant d'entreprendre quelques excursions
dans l'île et sur le continent.....

CHAPITRE XI

L'île de Marken appartient à la province de la Hollande septentrionale. Elle est séparée du continent par un petit bras de mer, le Goudzée, large d'environ 1200 mètres. Dans sa plus grande largeur, Marken a 6,800 mètres; et, la surface entière de l'île n'excède pas 295 hectares. Le sol est à vingt centimètres *au-dessous* du niveau des hautes mer; aussi, est-elle entourée d'une digue puissante dont les talus de pierre, protégés en quelques endroits par des pilotis de chêne, la défendent contre l'envahissement des flots du Zuyderzée. Cette digue a sa crête à 1^m20 au-dessus du niveau-repère d'Amsterdam, qui correspond à la hauteur moyenne des hautes mers, et qui constitue le plan de comparaison auquel se rapportent toutes les cotes de niveau, relatives aux travaux publics de la Néerlande. La digue est pourvue de deux petites écluses pour la décharge des eaux de l'île au niveau des basses mers.

Marken est traversée, dans toute sa longueur, par un grand canal, auquel aboutissent des canaux plus petits creusés dans tous les sens ; elle est entourée d'un large fossé qui suit la digue de circonvallation. Tout rappelle dans l'île le danger d'inondation, sans cesse menaçant,

Jeunes filles de Beijerland, de l'île de Schockland et de l'île de Marken

et qu'on se tient toujours prêt à combattre ; et, je dois avouer que ce n'est pas sans quelque émotion que j'ai passé ma première nuit en un pareil endroit. Les maisons sont bâties sur de petits tertres élevés par la main de l'homme. Ces monticules, nommés *terpens*, forment autant d'îlôts que de bourgs ; ils communiquent entre eux par des chemins de planches que l'autorité communale remplace peu à peu par des routes pavées.

Ces bourgs, ou quartiers, sont au nombre de douze, parmi lesquels, nous l'avons dit, le principal est celui de l'église, appelé Kerkbuurt. La maison d'école et les autres édifices publics, construits en pierre, forment un heureux contraste avec l'aspect misérable des habitations particulières.

Le port, où nous avons débarqué, est classé parmi les meilleurs de la Néerlande. Le phare, établi sur la pointe nord-est de l'île, est un fanal lenticulaire de quatrième grandeur; il est situé à dix-sept kilomètres vers l'est d'Amsterdam.

Dès le matin je suis à ma fenêtre, et j'étudie avec intérêt le curieux spectacle qui se présente à mes regards. A l'horizon, c'est la mer animée par une foule d'embarcations qui évoluent dans tous les sens; autour de moi, des maisons rustiques, des canaux, des prairies, des marécages dans lesquels s'ébattent des canards et des oies, des hérons cendrés et des cigognes blanches.

Je remarque que les maisons des pêcheurs, presque toutes semblables, sont construites en planches goudronnées extérieurement ou peintes de couleurs foncées; un toit pointu, couvert de jonc ou de tuiles, les surmonte. Très peu de ces maisons ont des cheminées; ordinairement, un trou pratiqué dans la toiture donne passage à la fumée.

En ce moment, on frappe discrètement à ma porte : C'est M. Allan, frais et dispos, qui vient se mettre à ma disposition.

— Comment avez-vous passé la nuit? me demanda-t-il.

— Mais, bien!... Cependant, je dois vous avouer que j'ai pensé plus d'une fois à la bizarrerie de notre situation, au-dessous des flots du Zuyderzée qu'un trou pratiqué dans une digue pourrait projeter contre nos frêles murailles.

M. Allan se mit à rire...

— C'est une affaire d'habitude, dit-il; l'homme n'est-il pas partout exposé à quelques dangers; c'est à lui de s'en prémunir par sa prudence et son industrie... Vous regardiez le paysage, ajouta-t-il, et il faudrait aller bien loin pour en rencontrer un semblable. Toutes ces maisons, dont vous voyez l'extérieur, sont composées d'un rez-de-chaussée et d'un grenier; et, lorsque nous en visiterons quelques-unes, vous serez surpris de voir leur intérieur bigarré de couleurs vives, contrastant singulièrement avec l'aspect rustique du dehors.

Le sol de Marken est un terrain d'alluvion qui ne produit que des joncs et du foin. Les inondations fréquentes empêchent les habitants d'entretenir des bestiaux et de se livrer à l'agriculture; il n'y a dans toute l'île qu'une douzaine de vaches et environ trois cents brebis; c'est à peine si l'on rencontre, çà et là, quelques arbres.

— Comment, demandai-je, vous procurez-vous l'eau potable?

— C'est un approvisionnement coûteux et difficile : On recueille l'eau de pluie dans des citernes; mais, après une longue sécheresse, elle manque souvent. Les puits, remplis d'eau salée par les inondations de l'hiver, ne fournissent qu'un liquide impropre même au lavage. L'eau qui se consomme ici est en grande partie, importée dans l'île par un batelier qui la puise dans une rivière voisine.

Mon hôte me proposa de sortir; et, ensemble, nous

Jeunes filles de la Hollande méridionale

visitâmes quelques cabanes de pêcheurs où des femmes et des enfants étaient occupés à la confection ou à la réparation des engins de pêche. Le plus grande partie du chanvre destiné à cet usage est filée par les femmes et les filles pendant les longues soirées d'hiver. Il me fut permis d'observer, dans l'une de ces habitations rustiques, une scène des plus pittoresque :

A la haute colonne de l'alcôve contenant les lits, un

filet de grande dimension était attaché, et presque
toute la famille travaillait activement à l'achèvement de
cet engin. L'aïeul, vénérable vieillard, coiffé d'un énorme
bonnet de laine et assis sur un escabeau, présidait à la
direction de l'ouvrage ; à côté de lui et debout, sa fille et
l'aînée de ses petites filles disposaient les parties principales, pendant qu'un groupe de quatre marmots, deux
gamins et deux fillettes, également debout, faisaient
courir leurs navettes, dans les mailles du filet, avec une
habileté témoignant déjà d'une grande habitude. La
grand'mère, assise au-dessous de la fenêtre, filait sa que-
nouille ; et, dans un coin de cette grande salle commune,
à genoux sur le sol, le gendre des deux vieillards, un
robuste pêcheur aux traits énergiques, vérifiait avec soin
les mailles d'un autre filet.

— Ce spectacle qui paraît vous intéresser n'est point
une exception, me dit M. Allan ; il se reproduit dans
presque toutes les habitations de Marken, et vous pouvez
constater que les enfants les plus jeunes se rendent déjà
utiles et ne sont pas, pour les parents, — comme cela se
produit souvent ailleurs, — une charge sans compensa-
tion. La pêche est le principal, pour ne pas dire le seul
moyen d'existence des Markois, et il n'est pas indiffé-
rent d'initier, dès le jeune âge, tous les membres de la
famille aux petits détails de ce rude métier. Mais j'aper-
çois Wilhelm, le fils aîné de Jan Maès, que je ne pensais voir que samedi, lors de la rentrée des pêcheurs ;
allons à sa rencontre.

Wilhelm, ancien élève de M. Allan, fut très heureux de le revoir. Il nous raconta qu'il était rentré avant les autres à cause du retour de son frère Dirk, sauvé miraculeusement du naufrage de la barque de Liévens, et il nous apprit que la première cérémonie du mariage de son frère avec Grietje Jansens, aurait lieu le samedi suivant. Tout en cheminant, M. Allan le pria de nous donner quelques détails sur les différents types de bateaux, dont se servent, pour leur industrie, les pêcheurs de Marken.

— Vous avez vu, dit-il, dans le port, des botters : Ce sont des bateaux à voile destinés à la pêche du hareng ; la contenance ordinaire de cet embarcation est de 24 tonnes : elle a habituellement 12 mètres de long, 4 mètres de large et 1^{m}50 de profondeur. Le botter est solidement construit et il est bon marcheur. Ceux d'entre nous qui vont à la pêche des harengs dans la mer du nord, pour le compte des armateurs d'Enkuizen, de Ryp et d'Amsterdam, s'embarquent sur des botters plus grands, spécialement employés à cette pêche ; mais, ces bateaux sont la propriété des armateurs.

Le petit bateau plat, à rames, avec une proue très élevée, que vous apercevez là sur le canal, est le *kubbot*, utilisé pour la pêche des anguilles et des anchois ; cette barque n'a que 5 mètres de longueur sur 1^{m}50 de profondeur.

Cet autre bateau qui passe, chargé de caisses et de ballots, est le *hinnenschuist ;* il ne se trouve que dans l'île de Marken où il est exclusivement employé au transport

8

du foin et des joncs, des objets de consommation et des engins de pêche.

— La période de pêche est-elle longue? demandai-je.

— La pêche dure toute l'année, reprit Wilhelm : La pêche des *harengs* s'opère de novembre à mai ; celle des *anchois* de mai à juillet, et celle des *carrelets* de juillet à novembre.

— Comment écoulez-vous le produit de votre pêche ?

— Quand le pêcheur travaille, comme nous, pour son propre compte, il porte lui-même au marché, — principalement à Monnikendam, sur le continent, en face de Marken, — le poisson qu'il a pris, et il le vend aux enchères. Quelquefois, cependant, il le vend en mer à des marchands ambulants, qui achètent particulièrement les anchois pour les marchés de Monnickendam et d'Amsterdam. Nous prenons régulièrement la mer le lundi, vers une heure du matin, et nous ne rentrons au port que le samedi suivant. Il n'a fallu rien moins que le retour de mon frère, après un tragique évènement, pour nous faire rompre avec nos habitudes.

— La flottille de pêche de votre île est-elle bien nombreuse?

— Nous possédons, pour la pêche côtières, environ 120 barques montées chacune par deux hommes; il y a, ensuite, vingt ou vingt-cinq grands botters pour la pêche des harengs dans la mer du nord, et une vingtaine de bateaux de rivière pour le transport du foin, des joncs, de la tourbe, etc... dans l'intérieur de l'île.

Le quai du marché aux grains à Harlem, d'après un dessin de Rouargue.

RF

— Comment se fait la récolte des foins?

— Cette récolte est confiée presque exclusivement à des faucheurs nomades. Le travail de la fenaison est le partage des jeunes filles. Quant aux hommes, peu occupés dans le milieu du mois de juin, ils transportent sur leurs barques, aux divers marchés du continent, les foins amenés par les jeunes filles sur les *hinnenschuist*. Les joncs, de très bonne qualité, se vendent assez cher aux marchands de la Gueldre et de la Hollande septen-trionale.

— Alors, dis-je à M. Allan, tout le monde ici est pêcheur.

— Je ne connais dans l'île, dont la population est d'un peu plus de 1,000 habitants, reprit l'instituteur, que quatre familles vivant du produit de leur troupeaux. Quant à la petite industrie, elle n'est représentée que par un fabricant de voiles, deux charpentiers — qui sont en même temps fabricants de cerceaux pour les filets et quelque peu maçons, — deux boulangers et sept ou huit épiciers.

— Il doit vous manquer souvent des choses les plus indispensables.

— Nous ne sommes pas exigeants, dit M. Allan en riant, et nous nous arrangeons de manière à n'être pas trop malheureux. Les habitants de Marken vont acheter sur le continent les matières premières et les produits manufacturés qui leur manquent : Les familles aisées se rendent, une fois par an, à Amsterdam ou à Monnickendam, pour y faire provision de beurre, de fromage, d'œufs, de céréales, de pommes de terre, de viande salée et de divers autres objets de moins d'importance. La plus grande partie du pain qui se consomme dans l'île est importée de Monnickendam et de Nikerk ; le bois à brûler vient de la Gueldre. Le commerce est fort peu développé; les épiciers sont en même temps marchands de vêtements et de chaussures. Les effets d'habillement des Markois sont d'une telle solidité et d'une durée si grande que les marchands ne trouveraient pas un débit suffisant; d'autant plus que, depuis de nombreuses générations, l'usage est d'acheter toujours les mêmes articles.

Cette intéressante conversation nous conduisit jusque chez les Maès. La bonne Maria (Mietje) nous reçut avec cordialité. C'était une femme de quarante-huit ans, forte et fraîche encore; elle nous raconta, en pleurant, les péripéties du sauvetage et du voyage de Dirk, son second fils, qui rentra en ce moment et qui vint se jeter dans les bras de M. Allan.

Mietje nous dit que son fils aîné, avisé de l'arrivé de Dirk, s'était empressé de regagner le port, mais que son mari ne rentrerait que le samedi avec la flottille de pêche, et que ce jour-là aurait lieu la première cérémonie du mariage de Dirk, cérémonie à laquelle elle nous fit promettre d'assister.

CHAPITRE XII

J'avais déjà vu, dans la matinée, plusieurs intérieurs de pêcheurs; mais, la maison dans laquelle je me trouvais en ce moment, était mieux pourvue et mieux meublée que celles que je venais de visiter.

Jan Maès, le chef de famille, outre sa maison et quelques terres, possédait trois barques; il passait, parmi ses concitoyens, pour un homme aisé et indépendant. A la fois notable de l'île et trésorier de l'église, il tirait, m'avait dit M. Allan, quelques vanité de ses fonctions, tout en répétant souvent qu'elles lui donnaient plus d'embarras que de plaisir. Il est certain que de tous ses titres, il préférait celui de batelier qui assurait son indépendance.

Maès paraissait fier de la considération dont il jouissait et qu'il devait, avant tout, à son travail et à sa

119

moralité. Souvent, il était comme notable, consulté sur
les affaires de la commune, et il est juste de reconnaître
que ses conseils, toujours marqués au coin d'un grand
bon sens et d'un jugement droit, étaient généralement
suivis.

La maison, que l'excellente femme de Maès veut bien
nous faire visiter, se compose d'un rez-de-chaussée
formé de deux pièces principales ; l'une est la chambre
commune, l'autre sert de salon. On se tient continuelle-
ment dans la première pièce qui est précédée, à l'entrée,
d'un petit vestibule : on y couche et l'on y fait la cuisine.
Cette chambre n'a pas de plafond ; les cordages et les
instruments de pêche sont placés sur la charpente qui
soutient le toit ; la fumée qui se répand dans la chambre les conserve. Le foyer se compose d'une plaque de
fer d'environ un mètre carré ; cette plaque est supportée
par un petit massif de vingt centimètres de hauteur, construit en brique, non loin de la fenêtre.

Malgré la fumée qui règne assez souvent dans cette
pièce, par suite de l'usage de la tourbe ou du bois vert,
les murailles, en partie cachées par différents objets,
particulièrement par de la vaisselle, sont d'une assez
grande blancheur, grâce aux soins de la mère de famille
et de sa fille aînée, qui les lavent souvent et les blanchis-
sent à l'eau de chaux trois fois par an.

Deux rangs de planches, en forme d'étagères, règnent
tout autour de la pièce : Sur la première de ces étagères
sont disposés de petits barils, contenant les provisions

en grains, farines et légumes secs, ainsi que diverses
boîtes de ferblanc, contenant les épices, le thé, le
café, etc.; sur la seconde étagère est disposée la vaisselle,
toujours propre et reluisante.

Dans le mur, faisant face à la fenêtre principale, sont
pratiquées deux alcôves entre lesquelles est accrochée
l'horloge. Elles sont fermées par des rideaux soigneusement drapés et relevés par de grandes rosettes. Ces
alcôves contiennent deux lits, dont un de parade, qui ne
sert que dans les cas de nécessité absolue, et qui est couvert d'une grande quantité de coussins, enfermés dans
des taies de toile fine, brodées de soie noire.

Les lits sont si élevés qu'il faut un marchepied pour y
monter. Ils sont disposés en hauteur, de manière à former deux étages : les enfants couchent dans les deux lits
de l'étage inférieur, et les parents dans l'un de ceux de
l'étage supérieur.

Si les lits sont très élevés, les chaises et les tables, au
contraire, sont très basses : les Markois disent que cette
disposition leur permet de se chauffer plus facilement.

La seconde pièce est le salon, où l'on ne se réunit
presque jamais : celle-là est plafonnée et renferme les
plus beaux meubles. C'est une sorte de petit musée où la
femme du pêcheur tient une exposition permanente de
tout ce qui n'est pas d'un usage journalier.

On y remarque des armoires de vieux chêne, dont les
panneaux sont rehaussés de moulures, de sculptures ou
de peintures représentant des sujets religieux; une ar-

moire à portes vitrées, un buffet-dressoir en chêne, d'un
remarquable travail; des chaises et autres petits meubles sculptés; des chaufferettes, dont l'une, qui date
de 1760, est marquée des initiales de la famille; des
porte-montre, des sabots sculptés, etc..., puis certains
bijoux d'or et d'argent, certains objets précieux, servant
pour la parure ou pour le service de la table; des pipes
en porcelaine et en argent.....

Plusieurs petits coffrets, de différentes grandeurs, sont
placés sur le buffet, les uns au-dessus des autres, et sont
séparés par de petites serviettes blanches brodées de soie
noire aux quatre coins.

Dans cette pièce, on voit encore une assez grande
quantité de vaisselle de luxe qui est tenue, comme tout
le reste, avec la plus grande propreté.

Les mœurs et les coutumes des habitants de l'île de
Marken offrent, au sujet du mobilier et des vêtements,
quelques particularités remarquables qu'il est intéressant de signaler.

Les principaux meubles que l'on trouve dans la maison
des pêcheurs aisés, se distinguent par leur cachet d'antiquité, et sont entretenus par eux avec un soin religieux.
La plus grande partie de ces meubles date du xviiᵉ siècle;
ils sont généralement en bois de chêne, solidement
construits; et, leur couleur foncée atteste l'ancienneté
de leur origine. Ils sont, ordinairement, chargés de
sculptures d'un travail quelquefois très artistique, et représentant presque toujours des sujets tirés de l'Histoire

sainte : Ce sont des sujets de prédilection pour les Markois, et les meubles qui en sont ornés acquièrent, à leurs
yeux, une valeur bien plus considérable.

Les pêcheurs de Marken possèdent aussi de petits
objets de bois de chêne ou de bois peint, dont la valeur
augmente à mesure qu'ils vieillissent, et que l'on conserve soigneusement de génération en génération.

Parmi la vaisselle, on voit souvent des plats de cuivre
ciselés très rares, qui, par leur dimension, leur antiquité
et le caractère religieux des sujets, ont aussi une grande
valeur.

Les objets de toilette sont très variés; ceux des femmes rappellent les anciens costumes hollandais du
xviiᵉ siècle. A quelques exceptions près, on peut dire que
les caprices de la mode n'ont rien changé à la nationa-
lité du costume. Indépendamment des vêtements de
travail, d'été et d'hiver, il y a des habits spéciaux pour
les foires, les noces, les baptêmes et les funérailles. En
outre, il y a un vêtement de noces qui ne se met que le
jour du mariage, et que nous verrons bientôt revêtir à
Dirk et à Margaretha. Ce sont des habits très rares, car,
aujourd'hui, on n'en compte que six de complets dans
toute l'île. Ils datent du xviᵉ siècle et sont d'origine espagnole : on en trouve encore de nos jours de semblables
dans les environs de Cordoue. Les pêcheurs qui les possèdent, les conservent religieusement et les prêtent aux
jeunes mariés.

Tout ce que j'ai vu et entendu dire, prouve que les

pêcheurs de Marken sont fortement attachés, non seulement aux coutumes du passé, mais aux choses surannées. Ainsi, sans qu'on puisse trop comprendre pourquoi, leurs habits augmentent de valeur en vieillissant, ce qui est, me disait M. Allan, un vrai stimulant pour les conserver en bon état.

En ce qui concerne les bijoux, les Markois préfèrent l'argent à l'or. Les femmes ne mettent ni colliers ni boucles d'oreilles, mais les jeunes enfants des deux sexes ont une pièce d'argent ou une médaille suspendue au cou, par un ruban ou une chaîne d'argent, et portent des bracelets de corail ou d'argent : Cet usage, de la plus haute antiquité, se retrouve chez divers peuples, sous la forme d'amulettes destinées à préserver de maladies ou du « mauvais œil. »

Cette visite de la maison de Maès, si différente de nos intérieurs français, avait été par moi du plus vif intérêt : Ce culte du souvenir, cet attachement aux choses des temps passés, cette simplicité de bon aloi, cette propreté minutieuse jusque dans les moindres détails, me donnaient une haute opinion du caractère moral des Markois.

Tout en retournant chez M. Allan, où nous attendait le déjeuner, mon aimable compagnon me donna de nouveaux renseignements sur les habitudes et les mœurs de ses compatriotes.

— Isolés dans une île, où ils ont conservé le respect de la tradition, les Markois, dit-il, offrent au moraliste des traits parfaits de ressemblance. Ils ont des habitudes

religieuses, dont rien n'est capable de les détourner; chaque jour ils lisent la Bible et s'appliquent à en observer
les préceptes; même dans leurs courses en mer, ils ne
manquent jamais de faire une prière avant et après le
repas.

L'attachement des époux est un des traits principaux
de la vie domestique des Markois. C'est l'affection mu-
tuelle qui détermine les alliances; et, dans les choix, on
s'attache plus à la moralité qu'à la fortune.

Dans presque toutes les familles, les fiançailles ont
lieu longtemps avant le mariage : Elles impliquent, pour
les fiancés, l'obligation morale de réunir, par le travail
et l'épargne, les ressources que l'opinion juge indispen-
sable à la fondation d'une nouvelle famille; et, elles
constituent un engagement tellement solennel que celui
qui l'aurait rompu ne trouverait plus à se marier dans
l'île.

Parmi les distractions favorites des jeunes gens et des
jeunes filles, on peut mettre le patinage au premier rang.
C'est en quelque sorte, dans toute la Néerlande, et particulièrement à Marken, une réjouissance nationale.
Jeunes gens et jeunes filles armés de patins, s'élancent
sur la surface solide des canaux ou même du Zuyderzée,
pendant les froids intenses; et, sous l'œil des parents —
qui ne dédaignent pas de prendre part à la fête, — ils
tracent avec adresse les arabesques les plus capricieu-
ses et exécutent les exercices les plus surprenants. C'est
presque toujours à la suite de ces réunions, pendant les-

quelles les jeunes gens se sont faits les premiers aveux, qu'ont lieu les fiançailles.

Ici, nous rapportons tout à la mer qui nous environne, qui à chaque instant nous menace, mais qui assure notre existence. Les aptitudes de l'homme se révèlent dès l'enfance et sont tout imprégnées du milieu particulier dans lequel il vit. Aussi, nos enfants marchent à peine, qu'ils s'amusent à fabriquer des petits bateaux, avec les fragments de planches qui leur tombent sous la main; et, faute de mieux, avec de vieux sabots : un lambeaux de chiffons tient lieu de voile; et, ce sont des cris d'allégresse et des battements de mains, quand cette embarcation rudimentaire vogue sur l'eau du canal ou du fossé voisin.

Les enfants qui fréquentent mon école sont généralement studieux et appliqués; mais il faut voir comment ils écoutent ce qu'on leur dit sur la navigation et comment ils étudient tout ce qui s'y rapporte!.. Et, leur plus vif désir est de mettre en pratique les notions qu'ils ont acquises. Dès l'âge de douze à treize ans, ils aident leurs parents et savent hisser les voiles aussi adroitement que le matelot le plus expérimenté.

Très courageux et d'une constitution vigoureuse, les habitants de notre île sont d'un caractère fier et indépendant. Comme plusieurs autres races qui trouvent exclusivement leur subsistance dans l'exploitation des productions spontanées, ils exagèrent parfois jusqu'à l'insociabilité leurs préventions contre les lois de la hiérar-

chie sociale : « La liberté, c'est la vie, » disent-ils ;
aussi, ne consentiraient-ils, pour rien au monde, à
l'aliéner.

On raconte ici, à ce sujet, une curieuse anecdote :

» Connaissant l'habileté des pêcheurs de Marken, le
prince Henri de Néerlande, mort aujourd'hui, avait fait
proposer successivement à plusieurs d'entre eux la place
de batelier sur son yacht de plaisance, avec des appoin-
tements assez élevés. Cette situation promettait honneur
et profit à celui qui l'aurait acceptée ; mais, tous refusèrent. On a conservé la fière réponse de l'un d'eux : « Je
suis roi sur mon botter ; mieux vaut petit et maître, que
grand et serviteur ; merci donc, je reste batelier de Marken. » Le refus des autres pêcheurs, pour être autrement
formulé, n'en était cependant pas moins énergique, et
le prince se vit dans l'obligation d'aller se pourvoir
ailleurs. »

Sur le seuil de la maison d'école, M. Allan et ses
charmants enfants nous attendaient. Je demandai la
permission d'emmener dans ma chambre les petits Markois, dont la joie fut grande quand ils me virent retirer des
profondeurs d'une caisse les jouets dont je m'étais munis
à leur intention.

Lorsque nous descendîmes dans la salle à manger, le
petit garçon représentait, en miniature, un soldat français
avec son sabre, son fusil, sa giberne et son shako à
plumes ; la petite fille portait dans ses bras une énorme

poupée dont la toilette tapageuse lui arrachait des ex-
clamations de toutes sortes.

Je remis à madame Allan quelques bibelots parisiens,
dont elle me remercia avec la meilleure bonne grâce, et
nous nous mîmes à table.

La franche et aimable hospitalité de ces braves gens,
doublait pour moi les agréments du voyage que j'avais
entrepris.

CHAPITRE XIII

Après quelques heures de conversation intime, mon ami me demanda s'il me plairait de l'accompagner dans une visite au pasteur de Marken, qui l'avait, à son départ, chargé de diverses commissions pour la France. Cette proposition ne pouvait que m'être agréable : Le presbytère est à côté de la maison d'école, et le pasteur, dont M. Allan m'avait déjà parlé, était un homme intelligent, un érudit joignant à son amour du pays, la connaissance approfondie de son histoire.

Cette petite île de Marken était vraiment bien partagée : Il était difficile de trouver deux hommes mieux fait pour s'entendre que l'instituteur et le pasteur, M. Nicolas Steen ; et cela, au grand profit de l'éducation des enfants, dont l'exemple n'était pas sans influence sur tous les membres de la famille.

M. Steen, était un beau vieillard, à la longue chevelure blanche, qui, malgré ses soixante-dix ans, avait conservé toute l'énergie et tous les enthousiasmes de la jeunesse. Il nous fit le meilleur accueil ; et, après avoir dit à M. Allan combien il était satisfait de son heureux retour, il s'informa discrètement du but de mon voyage.

— Connaître votre pays, lui répondis-je, étudier sur place ce qu'il renferme de plus curieux, et particulièrement cette petite île de Marken, dont votre aimable instituteur m'a parlé avec tant d'éloquence, qu'il m'a décidé à l'accompagner.

— Et j'espère, Monsieur, que vous n'aurez à pas regretter cette détermination.

— J'en suis dès à présent convaincu ; et la cordialité de l'accueil qui m'est fait, suffirait à me faire envisager sous le jour le plus favorable cette intéressante contrée où tout est nouveau pour moi.

— C'est qu'en effet, Monsieur, notre pays a cela de particulier, qu'il ne ressemble à aucun autre ; partout s'impose la lutte pour l'existence ; mais, on peut dire que chez nous, l'homme est constamment aux prises avec le plus terrible des fléaux : l'inondation. Une erreur, une négligence, un moment d'oubli peut amener une catastrophe et anéantir le fruit de nombreuses années de travail.

— Vous pouvez affirmer, répliquai-je, que le sol que vous foulez aux pieds a été noblement conquis ; et, cette conquête pacifique est le résultat d'un travail intelligent

Le marché au poisson à Amsterdam.

BIBLIOTHÈQUE NATIONALE R F

et d'une persévérance à toute épreuve, dont vous avez le droit d'être fiers.

Je fis plusieurs autres visites au vieux pasteur, qui m'avait gracieusement invité à venir me reposer au presbytère, quand les occupations de M. Allan le mettraient dans l'impossibilité de m'accompagner dans l'île.

— A la condition, toutefois, avait-il ajouté avec bonhomie, que la compagnie d'un septuagénaire ne vous soit pas trop désagréable.

M. Steen parlait facilement le français ; et, c'est dans cette langue qu'il me donna, sur son pays, les détails les plus intéressants.

— Avant la naissance du Rhin, disait-il, la plus grande partie des Pays-Bas était une mer. Limitée du côté de l'Allemagne, par une chaîne de rochers, cette mer a laissé dans son ancien lit des dépôts de coquilles marines, des ossements de baleine, de rhinocéros et de mammouth, fracassés, brisés. Ces colosses du vieux monde se retrouvent partout ; la mer du Nord est pleine de pareils débris. Ce qui étonne le plus sur le théâtre de cet océan disparu, desséché, c'est la présence d'énormes blocs de granit, dont l'origine est aujourd'hui connue. On retrouve, en effet, les masses d'où ils ont été détachés, en un mot la souche de ces blocs, dans les montagnes de la Scandinavie. Il ne reste plus qu'une question à résoudre : comment sont-ils venus là ? Selon toute vraisemblance, ces quartiers de roche sont arrivés de la Suède et de la Norvège, sur des radeaux de glace.

L'existence de ces glaçons voyageurs n'est point une chimère géologique : ils se promènent encore aujourd'hui sur nos mers. Ces îles flottantes, dont quelquesunes ont l'éclat blanchâtre et cristallin du sucre, ont été vues dans ces dernières années : l'une d'entre elles a même atteint le cap de Bonne-Espérance. Du temps où la Hollande était encore sous l'eau, ces bancs de glace arrivaient des mers polaires, ou bien encore c'étaient des ruines d'énormes glaciers qui, du haut des montagnes de la Scandinavie, descendaient en s'écroulant jusque dans la mer. Les quartiers de roche tombaient pêlemêle avec les neiges. Ces débris, enlevés loin de leur gisement naturel, par la rapidité de la chute, se voyaient ensuite comme portés et voiturés sur les glaçons qui traversaient en tout sens l'Océan. Les blocs erratiques se retrouvent en masse; la mer du Nord en est pavée. Il est probable que, le radeau de glace venant à fondre, la plupart de ces blocs ont échoué sur des bancs de sable, peut-être même sur quelques îles basses, d'où ils s'élevaient à fleur d'eau. comme des pierres druidiques dans un champ de blé.

Je ne pouvais méconnaître la justesse de cette théorie, et j'en fis l'observation à M. Steen qui continua :

— A l'époque reculée où nous nous plaçons, toute la masse imposante des Ardennes, plissée du nord-est au sud-ouest, se dressait, formant un rempart entre cette ancienne mer, et des lacs grossis dans l'intérieur de l'Allemagne, par l'éboulement des rivières. La mer battait les chaînes de montagnes, les blocs erratiques entraient dans les anfractuosités de ce mur, et s'arrêtaient collés aux parois comme une pierre lancée par la fronde. Un jour (si l'on peut appeler jour ces époques de la nature), soit qu'une impression fût communiquée à la masse des eaux douces par des tremblements de terre, soit que la force de gravitation seule eût déterminé un conflit, les Ardennes et leurs dépendances furent battues en brèche; les lacs emprisonnés dans une ceinture de rochers s'émurent. L'obstacle était gigantesque, mais il céda; car les rochers, que le langage humain a choisis, comme des termes de comparaison, pour exprimer la force de résistance, cèdent toujours dans la nature à la puissance formidable et lente des eaux comprimées. Une partie des montagnes fut emportée.

Ce premier bond du Rhin (car c'était lui) dans la mer, fut terrible. L'ouverture par laquelle il s'élança est encore là, visible, béante : cette ouverture, beaucoup plus considérable que le cours actuel du fleuve, montre par quelle masse d'eau la barrière primitive fut forcée. Les traces d'une si prodigieuse débâcle ne sont point encore effacées sur le sol de la Néerlande : l'œil les suit pour ainsi dire, au loin; les ruines de la muraille du Rhin ont été portées de deux côtés à des distances énormes. Les débris de l'immense brèche, ouverte par le fleuve, ont servi à former des provinces entières. Le sol de la Gueldre, de l'Over-Yssel et de l'île du Texel est jonché de cailloux roulés, dans lesquels on reconnaît les

fragments des roches de basalte, de granit et de por-
phyre qui bordent, en Allemagne, le cours du fleuve. Ces
Titans du règne minéral, ont été foudroyés par l'explo-
sion des eaux.

— Ces merveilleux et saisissant ! m'écriai-je.

— Attendez, continua M. Steen : Nous avons vu par
quels obstacles les eaux avaient été retenues ; une fois
le passage ouvert, on vit commencer l'opposition sécu-
laire de l'Océan et du Rhin. D'abord, ce fut le fleuve qui
obtint l'avantage : l'Océan recula. Tous les géologues
savent que la puissance des rivières est assez forte pour
jeter dans la mer des terrains d'alluvion qui prolongent,
au bout d'un certain nombre de siècles, l'extrémité des
continents. Le sol de la Hollande se constitua et s'étendit
en vertu de ce mécanisme. Formée des sables voyageurs
que le Rhin apportait de l'Allemagne, la Hollande a
flotté, si l'on ose ainsi parler, dans les eaux du fleuve,
tenue quelque temps en suspension par la rapidité
orageuse du courant, puis déposée, couche par couche,
au sein de l'Océan, qui battait en retraite.

Les progrès du delta ne s'accomplirent, d'ailleurs,
qu'à travers des réactions immenses. Les eaux douces
et les eaux salées, se disputaient tour à tour le terrain,
occupé maintenant par les deux plus riches provinces
des Pays-Bas. Cependant, le fleuve conservait une supériorité marquée ; il refoulait la mer : tout annonce que
le niveau relatif de la côte et des marées différait alors
de ce qui existe maintenant. Puis, par un de ces revire-

ments de la fortune qui atteignent les puissances mêmes
de la nature, le résultat de cette lutte paraît avoir tourné,
depuis deux mille années, en faveur de l'Océan. Le
Rhin a été vaincu; il traîne dans le cours humilié de ses
eaux le sentiment de sa décadence (1).

L'homme a dû, à son tour, lutter contre l'Océan, dis-
je, pendant un court repos du pasteur.

— La mer ruine les côtes de la Hollande, c'est un fait
constaté, reprit-il; l'œil peut suivre, à travers des écrou-
lements de sable, ce triste et silencieux travail de destruction; mais il existe de ce cataclysme perpétuel des
témoins plus irrécusables encore. A Katvijk, près de
l'endroit où, soutenu par de magnifiques travaux d'art,
le Rhin s'écoule laborieusement dans la mer, on a pu
voir, il n'y a pas très longtemps, par les marées basses,
les ruines d'un château romain — la *Maison des Bretons*
— qui dominait la bouche du fleuve dans un temps où le
Rhin, alors plus jeune et plus vigoureux, se portait lui-
même dans l'Océan. C'est une preuve évidente que le
sol a reculé; mais, malheureusement, ce n'est point la
seule. On a conservé le souvenir d'une antique forêt qui
couvrait autrefois la Hollande méridionale, et qui s'étendait même très avant vers le nord; les arbres qu'on retrouve, couchés dans les tourbières, à une heure et demie
de la côte sont, selon toute vraisemblance, les cadavres
de cette ancienne forêt, que le vent où les inondations,

(1) Ces détails sont empruntés à une remarquable étude de M. Alphonse
Esquiros. (*Revue des Deux Mondes*, juillet 1855).

ont dépeuplée, que la hache a détruite. Tout porte à croire que ces géants de la végétation du Nord, s'élevaient sur des terres alors éloignées de la côte. Ces conjectures ont, pour fondement, certains faits positifs. Plusieurs tourbières, qui doivent leur origine à l'eau douce, se rencontrent aujourd'hui, spécialement du côté du Zuyderzée, sous le niveau de la mer. Tout dans la physionomie actuelle du delta, indique donc de vastes et profondes révolutions. Une partie de ces changements s'est accomplie presque sans désastres; d'autres fois, au contraire, l'homme a été non seulement témoin, mais acteur de ce grand drame de la nature. Les anciens habitants de la Hollande, ont péri par milliers au milieu des guerres intestines de la terre et de la mer. Les évènements géographiques dans lesquels se sont trouvés enveloppés des villes, des villages, des populations entières fournissent, depuis l'ère romaine, une histoire tristement authentique à laquelle ne manquent ni les dates ni les récits des contemporains. La Hollande, ce vaste radeau flottant sur les vagues de la mer du Nord, a vu plusieurs fois la tempête déchirer ses flancs, et lui enlever une partie de ses hommes, de ses troupeaux, de ses richesses.

— Monsieur Steen parlait d'abondance, et ce récit de la formation de la Hollande et des cataclysmes qui ont si souvent épouvantés ses habitants, m'intéressait au haut degré. Le pasteur continua :

— Du temps des Romains, il y avait une plaine d'une

grande fertilité à l'endroit où l'Ems entrait dans la mer
par trois bras. Cette contrée basse projetait une péninsule au nord-est, du côté de Emden. En 1277, un déluge
détruisit une partie de cette péninsule : trente-trois
villages périrent. Le souvenir de ce désastre est consigné
dans une carte géograpique, dressée tout exprès pour
rappeler l'évènement résumé dans une brève et triste
épitaphe. Une autre carte représente les trente-trois
villages qui existaient avant l'inondation, avec le cours
des rivières et le tracé des routes. A cette incursion de
la mer est due l'existence du Dollard, ce golfe dont le
nom signifie *le furieux*, pour exprimer l'impétuosité du
choc qui rompit les défenses naturelles et ouvrit le passage aux vagues. D'autres inondations survinrent à
différentes périodes, dans le cours du quinzième siècle.
En 1507, une partie seulement de *Torum*, ville considérable, était demeurée debout : le reste de cette ville, en
dépit de l'érection des digues et du barrage des rivières,
fut enfin emporté : cinquante monastères disparurent,
engloutis, balayés par les flots.

Une des plus mémorables entreprises de la mer, est
encore celle qui éclata le 18 novembre 1421. Sur une
réunion d'ilots, formés par les sables de la Meuse, s'élevaient soixante-douze villages : en un instant, les sables
furent remplacés par un désert d'eau. La marée avait
fait éclater une écluse près de Wieldrecht, dont il n'est
resté que le nom. Trente-cinq villages furent irrévoca-
blement perdus : on n'a pu en découvrir aucun vestige,

si ce n'est pourtant une vieille tour, morne, solitaire, appelée la *Maison de Meerwed*. Plus tard, pour fixer les lieux où il était permis aux pêcheurs de jeter les filets, on reconstitua par conjecture le cours de la rivière, le vieux Maas, qui traversait le pays avant la submersion.

— Chercher dans l'eau l'endroit où fut une rivière, n'est pas chose banale, dis-je au vieux pasteur.

— C'est, en effet, répliqua-t-il, une sombre et biblique figure du déluge. Le lieu où les villages ont été détruits, porte encore aujourd'hui le nom de *Biesbosch*, bois des joncs.

— Il a fallu à vos compatriotes de tous les temps une grande puissance d'énergie pour persévérer dans cette lutte entre l'Océan.

— A ces exploits de la mer, continua-t-il, se rattachent de curieuses chroniques. A propos de ce drame du mois de novembre 1421, on raconte qu'un enfant de l'un des villages sur lesquels l'inondation allait s'étendre vit, tout à coup, en pompant de l'eau, sortir des poissons de mer. Tout surpris, il s'empressa de faire part de sa découverte; malgré son jeune âge, il paraissait avoir conscience du danger; mais, il ne rencontra que des incrédules et on rit de sa prétendue découverte et de son effroi. Lui, plus sage, ne voulut pas rester sur ce sol, prêt à s'effondrer, et il se décida à prendre la fuite. Peut de jours après survint la terrible catastrophe. La tradition dit qu'il fut à peu près le seul de son village qui échappa à la mort. Mais, comme cette histoire semblait

Orphelins et orphelines avec costumes noirs et rouges, aux couleurs de la ville
d'Amsterdam.

trop brève, la tradition ajoute que l'enfant, devenu homme, fit un mauvais usage de son intelligence et de sa sagacité : Il commit un vol, fut jugé, condamné et pendu.

Mais, continuons l'examen des évènements mieux établis que cette légende : Vous avez visité La Haye et le village de Schéveningue ; eh bien! cette localité qui était autrefois éloignée de la mer touche maintenant à la plage.

En 1570, la moitié de l'ancien village a disparu sous les flots. L'église actuelle, dont le charmant clocher semble demander grâce à la mer, fut élevée au milieu des sables pour remplacer un autre édifice, érigé à deux mille pas plus avant sur la côte, au centre du village d'alors, et qui fut complètement anéanti. Plus loin, vers Katvijk, — ce village de pêcheurs dont nous avons déjà parlé, — la mer, en quinze années, et cela au dix-septième siècle, avait déjà fait disparaître quatre-vingts maisons. Il y avait deux rues qu'on cherchait et qu'on ne trouvait plus.

Cependant, il faut abréger cette trop longue histoire dont chaque page contient l'énumération de nouveaux désastres. Ceux qui croient que notre planète doit périr par l'eau, trouveront dans les tragiques annales de la Hollande un avant-goût de leurs sinistres prophéties. Là, en effet, l'homme a senti, de siècle en siècle, la terre manquer sous ses pieds ; il a vu les abîmes de l'Océan, monter au-dessus des contrées les plus florissantes, et les balayer comme le flot qui ronge le sable.

Un mot, maintenant, de ce qui concerne la partie de la Hollande, qui se trouve immédiatement autour de Marken : Les auteurs latins ne font aucune mention de l'énorme golfe par lequel la mer pénètre aujourd'hui si avant dans les Pays-Bas. Divers récits indiquent, au contraire, que la Frise touchait alors à la Hollande par la terre ferme. Il existe une carte de 1584, dans laquelle l'auteur, Abraham Ortelius, reconstruit, sur le témoignage des historiens, l'ancienne configuration du pays, avant l'existence du Zuyderzée. Là s'étendait une vaste région entrecoupée par différents lacs intérieurs : le plus considérable de ces lacs était le lac Flevo, dont parle Tacite. Ce lac s'était formé, croit-on, par les débordements du Rhin; il était traversé par une rivière du même nom qui avait son embouchure dans la mer. Un jour, l'Océan s'élança, creusa un isthme et entra dans le lac Flevo : renforcé de ce puissant auxiliaire, l'ennemi ne tarda point à s'avancer dans l'intérieur du pays.

Les invasions successives par lesquelles une grande partie du territoire fut transformée en baie, commencèrent et finirent avec le treizième siècle. Des documents certains, des relations écrites par les habitants des provinces voisines, témoins contemporains du désastre, ne laissent aucun doute sur la formation du Zuyderzée. C'est bien par des mouvements réitérés de la mer, qu'une immense étendue de terres basses a été ensevelie. En l'année 1205, l'île appelée maintenant Wieringen, au sud du Texel, faisait encore partie de la terre ferme; elle en fut détachée par plusieurs déluges dont on connaît les dates : en 1251, la séparation était achevée.

Encouragée par ses premiers succès, la mer se jeta sur un isthme riche et populeux, qui s'étendait au nord du lac Flevo, entre Staveren en Frise et Médemblick en Hollande; vers l'an 1282, toute cette région était anéantie.

Il est impossible, ajouta tristement M. Steen, de promener ses regards sur les côtes du Zuyderzée, si belles pendant l'été, si calmes parfois, sans songer aux épouvantables catastrophes qui ont fait cette mer, sans donner un pieux souvenir aux cités florissantes qui ont trouvé leur tombeau dans ses vagues.

10

CHAPITRE XIV

Ce jour-là, j'allais voir se dérouler devant moi quelques-unes des coutumes les plus intéressantes de la population de Marken.

Dès midi, la flottille rentrait au port; la pêche avait été abondante; et, tous ces bons Hollandais, malgré leur flegme bien connu, s'abandonnaient bruyamment au plaisir de revoir leur famille et à la joie d'assister, dans quelques heures, à la cérémonie des fiançailles de Dirk et de Margaretha.

Je m'étais rendu sur le port avec M. Allan; le temps était superbe et le Goudzée était sillonné de bateaux de toutes les formes et de toutes les dimensions.

Je reconnus Maès à sa grande taille, à sa tenue cor-

recte et plus encore à l'extrême déférence que lui mon-
traient les autres pêcheurs.

Il me paraît inutile d'insister sur la vive émotion qui
s'empara de lui, quand l'heureux Dirk se précipita dans
ses bras.

Pendant que ces braves gens prenaient quelques heures d'un repos bien gagné et qu'ils remplaçaient par des
culottes de drap noir ou brun, des pourpoints foncés et
des camisoles écarlates, les vêtements de toile imper-
méable ou de laine grossière qu'ils avaient portés toute
la semaine, nous étions allés nous-mêmes procéder à
notre toilette.

A trois heures, nous étions chez les Jansens où la
famille Maès nous avait précédés ; déjà un grand nombre
d'invités étaient réunis chez les parents de Grietje, dont
l'habitation était, à peu de chose prêt, la répétition de
celle des Maès.

Les fiancés avaient revêtus les curieux costumes qui
ne servent que dans cette circonstance solennelle.

Margaretha portait un étroit surtout de drap noir, un
tablier noir, des bas de soie également noirs et des souliers à boucle d'argent ; elle était coiffée d'un haut bonnet
de toile de Cambrai, en forme de mitre, qui disons-le
tout de suite, était fort disgracieux et qui eût paru mieux
à sa place sur la tête d'un juge que sur celle d'une
fiancée. Malgré cet accoutrement bizarre, Grietje toute
rougissante au milieu de la foule qui la félicitait, Grietje
paraissait encore belle avec sa fraîche carnation, ses

grands yeux bleus et ses beaux cheveux blonds qui s'échappaient en boucles ondoyantes de la singulière coiffure.

La taille bien prise de Dirk était enfermée dans un court pourpoint : une culotte de drap noir, des bas de soie noire et des souliers à boucle d'argent complétaient cette toilette nuptiale.

Ces habits qui, à mon point de vue de Parisien, conviendraient mieux pour un enterrement que pour un mariage sont, nous l'avons dit ailleurs, d'origine espagnole. J'ai pensé qu'il fallait être sobre de critique sur cet article, quand on appartient à un pays où l'habit noir à basques longues et droites et le chapeau haute forme règnent en souverains.

Après un échange de compliments, le cortège se mit en marche pour se rendre à la maison commune où le magistrat attendait les fiancés.

En tête, marchaient les futurs précédés de l'agent de police communal ; venaient ensuite, les parents et les invités.

Pendant tout le parcours, les jeunes gens étaient salués par les acclamations de la foule qui se pressait sur leur passage.

La formalité de l'inscription sur les registres de l'état civil accomplie, le cortège se remit en marche dans le même ordre ; et, au retour à la maison des Jansens, le jeune couple reçut les félicitations des invités.

Après être allés se dépouiller du costume traditionnel,

Dirk et Grietje revinrent se joindre aux invités à qui l'on servit des raisins secs, de l'eau-de-vie et du sucre.

Alors les langues se délièrent, et bientôt retentirent les vieilles chansons du pays; puis, s'organisèrent les danses — que je n'aurais pas cru si animées, chez ce peuple renommé pour sa nonchalance — et qui durèrent plusieurs heures.

Alors, on servit le thé; et, un peu plus tard, vers huit heures, le café avec du pain de froment, du beurre, du fromage et du bœuf fumé.

Vers minuit, les convives se séparèrent, mais Dirk resta encore chez les Jansens pour aider sa fiancée à couper des tranches de pain qui, avec du beurre et du lait, servent à fabriquer le *Sop*, espèce de gâteau qui devait être servi le lendemain.

Le dimanche matin, en effet, nous nous réunissions encore, suivant l'usage, de neuf à dix heures, chez les parents de la fiancée : Dirk était également accompagné de ses parents.

Dans l'après-midi, nous assistions au service divin, après lequel, vers quatre heures, on nous invita à nous mettre à table. La prière qui précède le repas se fit en commun; et, on nous servit d'abord des pois gris et des raisins secs, accompagnés de beurre; ensuite, le plat national, le *Sop*, qui se mange avec du beurre et du sucre.

Le repas se termina avec du pain, du biscuit, du fromage, du bœuf fumé et du jambon. La bière coulait à flot; et, ce jour-là, on y joignit du vin, ce qui, dans le pays, constitue un grand luxe.

Après ce plantureux repas, les hommes allumèrent leur pipe; et, accompagnés des femmes, qui n'étaient pas les moins bruyantes, firent trois fois en procession le tour du quartier où avait lieu la noce.

Le fiancé marchait en tête, portant une longue pipe, ornée de fleurs et de rubans bleus, rouges et verts; derrière lui venait la fiancée, suivi de la plus jeune fille invitée à la noce; enfin, les parents du jeune couple et les autres invités.

En rentrant de cette promenade, à laquelle je pris part avec mon ami Allan, on nous servit une tasse de thé; les pipes furent allumées; et, vers sept heures, chacun rentrait chez soi.

Mais tout cela n'est qu'un prélude; la fête se continue pendant deux autres dimanches.

Le dimanche suivant, en effet, les invités se réunissaient chez les Maès, les parents du fiancé; et, cette journée se passa exactement comme celle du dimanche précèdent : réunion le matin, service divin, repas copieux, procession traditionnelle.

Enfin, le troisième dimanche est le jour du mariage. Obligé de rentrer en France avant cette époque, il ne me fut pas donné d'y assister, mais voici comment les choses se passèrent :

A midi, les fiancés, précédés de l'agent de police et

suivis des parents et des invités, se rendirent à la maison communale.

Après l'accomplissement des dernières formalités civiles, les époux se rendirent à l'église, au service divin de l'après-midi, pour contracter le mariage religieux. La cérémonie terminée, la fête se continua comme les deux autres dimanches; et les jeunes époux furent conduits, par leurs parents, dans la maison qui leur avait été préparée.

Dirk entrait en possession d'un botter et de tous les engins de pêches nécessaires. Margaretha recevait en dot un mobilier très convenable et sa garde-robe.

En général, ce sont les parents de la jeune fille qui font cadeau de la maison. Si leur fortune ne leur permet pas d'en faire l'acquisition, les parents du jeune homme s'en chargent, ou bien, si leurs moyens ne suffisent pas, les deux familles y contribuent ensemble.

Mais, ce n'est que dans le cas où il y a pour eux impossibilité absolue d'acheter à leurs enfants une maison particulière, que les parents du jeune homme ou de la jeune fille prennent chez eux les nouveaux mariés; et encore, la chambre qu'ils mettent à leur disposition a toujours une entrée spéciale.

Il est à remarquer que les cérémonies d'un baptême, ne donnent lieu à aucune fête de famille : Les plus proches parents, seulement, se réunissent dans la maison du nouveau-né et y passent la soirée en prenant une tasse de thé.

Les jours de fête et de joie, ne sont pas les seuls pendant lesquels les Markois se donnent mutuellement des preuves d'intérêt. Dès que la mort vient frapper une de leurs connaissances, ils s'empressent de rendre les derniers devoirs au défunt. Le convoi funèbre est toujours suivi par la plus grande partie de la population de l'île.

Une demi-heure avant l'enterrement, les invités se réunissent dans la maison mortuaire, auprès des parents qui sont assis et courbés autour du cercueil. Quand le cortège funèbre se met en marche, il s'accroît en chemin de tous ceux qui n'ont pu se rendre à la maison et qui, vêtus de deuil, accompagnent le défunt jusqu'à sa dernière demeure.

Parmi les fêtes et cérémonies en usages dans l'île de Marken, on peut considérer comme une des plus importantes, la fête nationale du lundi de Pâques, dont l'origine remonte au xive siècle, et qui consiste en une promenade des jeunes gens autour de l'île, en commémoration de l'invasion des habitants de la Gueldre.

Le retour des botters, après la pêche des harengs dans le Nord, donne lieu, en octobre ou novembre, à une fête qui se célèbre par quelques repas de famille. Il en est de même à la fin de la fenaison et à l'époque où l'on tue le bétail.

La Saint-Nicolas, qui est chez nous la fête des enfants, est aussi, là-bas, une fête de famille. La femme fait, ce jour-là, une omelette aux raisins de Corinthe. Des friandises sont préparées, mais elles appartiennent à celui qui les gagne au jeu de dés. C'est encore le jour où les petits enfants reçoivent leurs cadeaux; aussi, ils n'oublient jamais de porter leur sabot ou leur soulier chez le grand-père ou chez le parrain. Saint-Nicolas procède à Marken, le jour de sa fête, comme chez nous le petit Jésus la nuit de Noël. On aime à rencontrer partout ces touchantes coutumes qui contribuent tant à resserrer les liens de la famille.

Les Markois, fanatiques de tout ce qui touche à la navigation, manquent rarement de se rendre aux courses de bateaux à voiles d'Amsterdam et de Rotterdam; et, ils y remportent souvent les premiers prix.

Il n'y a qu'une foire, dans l'île; mais ils vont régulièrement, avec leurs familles, à celles de Monnickendam et d'Amsterdam. Leur plaisir consiste à se promener, à pénétrer dans l'intérieur de quelque théâtre ambulant, ou à regarder la parade devant la porte.

Le plus souvent, ils jouent aux dés, non pas de l'argent, mais du gâteau dont on fait ample provision, au point d'en avoir quelquefois pour toute une année.

Il est curieux de remarquer que le Markois n'attache aucune importance au gâteau qu'il achète; il n'estime que celui qu'il gagne. Cependant, même dans ces occasions, il n'abuse jamais de liqueurs alcooliques; tout dans ses plaisirs est tranquille, grave, presque sérieux; et, la plus grande gaieté ne donne jamais lieu à une discussion violente.

Dans toutes ses récréations, dans toutes ses fêtes,

l'habitant de Marken manifeste une grande prédilection
pour le jeu et particulièrement pour le jeu de dés; il
aime aussi à prendre des billets de toutes les loteries;
et, malheureusement, cette passion n'est pas particulière à la Hollande. Elle n'a rien de bien surprenant
chez des gens qui, par leur profession comme par leur
position sur une île exposée à bien des dangers, se fient
en beaucoup de circonstances aux chances de la fortune.

CHAPITRE XV

L'île de Marken est, par sa position, exposée à de fréquents changements de température; mais, ses habitants, accoutumés à son climat dès l'enfance, n'en souffrent nullement. Il n'en serait pas de même de l'étranger qui voudrait s'y installer à demeure.

En été, la chaleur est très forte; et, malgré la saison déjà avancée, la température était très élevée, pendant mon court séjour dans l'île. En hiver, le froid est souvent excessif; cependant, on fait peu de feu dans les maisons, dont les vastes pièces sont ouvertes au plafond pour le passage de la fumée.

Pendant les froids les plus intenses, les femmes ajoutent quelque chose à leurs vêtements et se bornent à

157

prendre une chaufferette dont l'usage est général en Hollande.

Les habitations élevées sur des tertres sont bien aérées et se trouvent à l'abri de l'humidité qui, sans cette précaution, serait intolérable. Leur manière de vivre sobre et régulière, leur mode d'alimentation, l'abstention habituelle des liqueurs fortes, un travail continuel, sans être excessif, sont autant de causes qui contribuent à les entretenir en bonne santé.

En considérant la situation de l'île, exposée à tous les vents, sa faible étendue et la composition uniforme de son terrain, on comprend que la végétation n'y soit guère développée et guère variée.

A peine ai-je pu compter une dizaine d'arbres ou d'arbustes, croissant péniblement à l'abri de quelques maisons, dont ils ne dépassaient pas le faîte.

Les légumes et les fleurs viennent bien, quand on peut les abriter du vent froid de la mer; j'en ai vu de jolies collections dans le jardin de M. Allan.

Mais, les digues qui entourent l'île, n'étant pas assez élevées pour la défendre contre les inondations du Zuyderzée, on ne peut cultiver en grand les végétaux alimentaires qui constitueraient une ressource précieuse.

C'est cette même cause qui, à plus forte raison, empêche les Markois de se livrer à l'agriculture. Aussi, presque toutes les terres arables sont couvertes de prairies.

Sans la crainte des irruptions de la mer, on pourrait

Orphelines de l'hospice catholique d'Amsterdam

entretenir sur ces prairies de nombreux troupeaux. Et
cette crainte n'est pas vaine, puisque les habitants de
Schokland, voisins de Marken, ont été obligés d'abandonner leur île ruinée par les inondations.

Il est donc regrettable que l'Etat ne prenne pas le
parti d'élever la digue de manière à en faire une barrière
infranchissable pour les eaux du Zuyderzée.

Grâce aux conditions climatériques et surtout à l'action de l'eau salée, la flore de Marken est nécessaire-
ment peu variée.

Mes pérégrinations dans l'île, m'ont permis de constater que la composition des prairies est à peu près la
même que chez nous : Les paturins, le vulpin, les agros-
tis, la houlque, la fétuque, l'ivraie, le ray-grass, la flouve
odorante, en forment le fond : Les chiendents, les
roseaux, les scirpes, les carex, dominent sur les berges
des canaux, mêlés à de grosses touffes d'ache odorante
et de mauve. Çà et là les petites étoiles de la cardamine
et du cochléaria tranchent agréablement sur l'uniformité
de la verdure.

La faune est plus riche que la flore, mais seulement
en ce qui concerne les oiseaux, car, en fait de quadru-
pèdes sauvages, on ne rencontre guère que le rat, la
belette, la loutre et le lièvre ; le crapaud et la grenouille
sont les seuls reptiles connus.

Mais, le rossignol des murailles, le rouge-gorge, le
traquet, la farlouse, les hirondelles, le merle et la grive
égayent le paysage ; ils sont de temps en temps, comme

chez nous, victimes de l'autour, de la chouette et de l'émerillon.

Le troglodyte vient picorer au seuil des habitations; et, le roitelet butine, dans les grandes herbes des rives, accompagné de la mésange et du grimpereau.

Pendant que la bergeronnette court çà et là sur la vase, le pluvier doré, le pluvier à collier, le vanneau huppé, inspectent les marais en compagnie des bécassines, des huîtriers, des hérons et des cigognes.

Quant aux oies et aux canards, aux guillemots et aux sarcelles, aux mouettes, aux goëlands et aux cormorans, ils sont là dans leur centre de prédilection.

Si j'avais été chasseur, il m'aurait été facile d'exercer mon adresse sur ce gibier qu'on ne pense guère à déranger.

On pourrait faire également une énumération intéressante des poissons qui pullulent dans les canaux et sur les rivages du Goudzée :

C'est, d'une part, la perche, la carpe, le goujon, le brochet, le saumon et la truite, l'anguille et la lamproie; d'autre part, la vive, l'éperlan, le hareng, l'anchois, le carrelet et la sole, etc…

Des troupeaux de phoques et de marsouins s'ébattent dans les parties les plus tranquilles du golfe.

C'est au retour d'une de ces bonnes promenades, sur les berges des canaux, que M. Allan me donna quelques détails intéressants sur la population de Marken.

Les archéologues, me disait-il, ont beaucoup discuté

sur l'origine du nom de Marken. Les uns le font dériver du mot *marsch;* et d'après eux, les premiers habitants auraient été les descendants des *Marsatiens,* cités par Pline, et qui occupaient les bords du lac Flevo.

D'autres pensent que le mot *marken* vient du frison et signifie marque ou limite, parce qu'au ixᵉ siècle, cette île servait de limite entre les possessions de Lothaire et celles de son frère Louis.

Les traits de physionomie des Markois, plusieurs de leurs usages, quelques expressions de leur langage familier, font penser qu'ils appartiennent à l'ancienne race frisonne.

Les armes de Marken, composées d'une tête de nègre sur champ d'azur, témoignent encore en faveur de cette origine. Les Frisons ont, en effet, assisté à la conquête de Damiette et à la défaite des Maures en Portugal.

Autrefois, vous le savez, Marken faisait partie du continent et en fut séparée par une épouvantable catastrophe.

Les dommages causés dans la Frise, par l'envahissement des eaux, furent tels que beaucoup de propriétaires, au lieu de réparer les digues, préférèrent abandonner leurs terres à des monastères.

Ce fut pour la même raison, sans doute, qu'en 1232, quelques pieux Hollandais firent don de la moitié de l'île de Marken aux moines de Mariengaarde.

Trois ans plus tard Sybrandus, troisième supérieur de cet ordre, acheta l'autre moitié aux chevaliers Nicolas et

Jean Persyn. Cet abbé fit immédiatement achever l'église, et envoya des moines pour améliorer la culture de l'île.

Ces hommes industrieux réussirent, par la construction de canaux et de fortes digues, à donner à cette terre d'alluvion une fertilité remarquable, et à créer ainsi une source de revenus considérables pour leur ordre.

Ils y fondèrent un nouveau monastère, nommé Marienkof, qui fut détruit en 1346.

En 1420, les habitants de Kampen, — localité située au bord du golfe, sur la rive opposée à Amsterdam, — profitant de l'absence des Markois qui étaient à la pêche de la baleine, envahirent l'île, ravagèrent les terres, pillèrent et incendièrent les maisons.

Les femmes de Marken donnèrent, dans cette circonstance, un éclatant exemple de courage et de patriotisme.

Elles se réunirent, s'armèrent, attaquèrent les envahisseurs, en tuèrent un certain nombre, firent quelques prisonniers et chassèrent les autres après les avoir forcés à rendre le butin qu'ils avaient lâchement volé.

Plus tard, les Frisons de l'ouest vinrent encore troubler les habitants de Marken, dans la paisible jouissance de leurs terres.

Ceux-ci se voyant ainsi inquiétés et exposés chaque jour à perdre les fruits de leur travail et peut-être la vie, renoncèrent à l'agriculture pour se vouer à la pêche.

Un avenir brillant semblait, à cette époque, — dans les Pays-Bas, — réservé à la pêche de la baleine. Cette perspective poussait vers cette carrière les hommes qui joignaient à une constitution robuste, un courage éprouvé.

En même temps, et comme conséquence, la quantité de terre propre à la culture diminuait, par suite des infiltrations et des inondations à travers les travaux de défense trop négligés.

Les Markois, devenus pêcheurs, n'occupèrent d'abord que des postes secondaires à bord des navires qui faisaient la pêche de la baleine dans le Groënland et le détroit de Davis; car, il ne suffisait pas d'être robuste et honnête, il fallait certaines connaissances spéciales qui leur étaient étrangères.

Intelligents autant qu'intrépides, ils acquirent peu à peu ces connaissances; et, on cite sept habitants de Marken qui devinrent capitaines de baleiniers.

Vers la même époque, on établit dans notre petite île des ateliers pour la préparation de l'huile de baleine.

La mer, cependant, continuait son œuvre de destruction : elle minait peu à peu le sol qui s'en allait partie par partie; mais, les gains de la pêche compensaient largement les pertes de l'agriculture.

Le nombre des cultivateurs diminuait à mesure que celui des pêcheurs augmentait; et, il en résulta un changement complet dans le caractère et les habitudes des Markois.

Enfin, les marins de l'île s'aperçurent que, sans aller dans les régions où s'est réfugiée la baleine, ils pourraient trouver des moyens d'existence dans la pêche côtière ou dans le cabotage et se créer une source de profits, sans exposer autant leur vie et leur fortune.

Ils apprirent donc à connaître, à fabriquer et à employer de nouveaux engins.

Au xv° siècle, plus de quatre-vingt-dix Markois, commandaient des botters, pour la pêche du hareng, dans la mer du Nord ; il n'y en avait plus que trente-huit à la fin du siècle dernier ; et, on n'en compte plus, aujourd'hui, que douze.

Mais, à mesure que décroissait le produit de cette pêche lointaine, celui de la pêche du Zuyderzée augmentait rapidement d'importance : A la fin du siècle dernier, elle n'occupait que dix-huit barques ; il y en a cent vingt de nos jours.

La culture était donc de plus en plus négligée ; les terres perdirent tellement de leur valeur que les propriétaires les abandonnèrent plutôt que de payer les impositions, qui étaient cependant fort modiques.

Les circonstances politiques qui, au début de ce siècle, entravèrent la pêche du hareng, ramenèrent quelques bras à l'agriculture. Tous ceux qui avaient quelque argent achetèrent de la terre pour y faire des prairies et vendre le fourrage, ou bien y faire paître des brebis.

C'est ainsi, qu'aujourd'hui encore, chaque famille possède un petit champ.

Malgré les préoccupations de leur nouveau métier, les Markois n'ont pas complètement perdu leur goût pour l'agriculture; ils sont, au contraire, très accessibles aux plaisirs des champs.

La fenaison est, pour eux, une véritable fête : toute la partie de la population qui n'est pas à la mer y assiste; autant que possible, on interrompt la pêche; et les femmes, mêmes les plus âgées, viennent se mêler aux chants et aux danses.

Malheureusement, les digues sont impuissantes à protéger Marken contre les fureurs de la mer; et, à plusieurs reprises, les maisons ont été détruites, des portions de terrain entraînées, le reste des prairies submergées au point que les habitations semblaient nager en pleine mer.

Après chaque catastrophe, les digues étaient un peu réparées et améliorées; mais, dans la nuit du 4 au 5 février 1825, une tempête du sud-ouest, — comme on en n'avait pas vu de plus affreuses, — détruisit cinquante habitations, sur cent quatre-vingt-dix que comptait l'île. Trois cents personnes perdirent tout ce qu'elles possédaient, et se trouvèrent réduites à la plus affreuse misère; la digue fut entièrement détruite.

L'île de Marken n'a pas été en butte aux seules fureurs de la mer; à plusieurs reprises, elle fut ravagée par de terribles incendies.

Sans se décourager après de pareils malheurs, les Markois travaillaient à en effacer les traces et semblaient puiser de nouvelles forces dans l'adversité.

Accablés par tant de maux, ils refusaient toujours les

secours de la charité privée; mais ils faisaient appel au gouvernement pour qu'il les aidât à réparer leurs digues.

En 1756, ils furent, pendant plusieurs années, dispensés de certaines contributions, et reçurent de l'Etat une subvention de quarante-huit mille francs.

De nos jours, grâce à leur énergie, à leur sobriété et à leurs habitudes d'épargne, les Markois ont atteint un degré de prospérité qui leur était depuis longtemps inconnu.

CHAPITRE XVI

Il entrait dans mes projets de voyage de revoir Amsterdam et de visiter quelques autres points de la Hollande.

Je pris donc congé des hôtes qui m'avaient si gracieusement hébergé à Marken; mais, M. Allan voulut traverser avec moi le Goudzée et m'accompagner jusqu'à Monnickendam.

Je ne fus pas peu surpris de rencontrer, dans cette petite localité, plusieurs de mes connaissances de l'île et en particulier le fils aîné de Maès.

— Ils sont là, me dit mon guide, pour vendre le produit de leur pêche : Vous n'ignorez pas que Monnickendam est le marché principal pour la vente du *panharing,* ou hareng frais du Zuyderzée. Les carrelets et les anguilles sont vendus plus particulièrement à des petits

pêcheurs de Volendam qui, la plupart, les portent ensuite à Amsterdam.

Ces détails complétaient utilement les connaissances
que j'avais acquises dans l'île sur le trafic des pêcheurs.

— Douze communes, continua M. Allan, se livrent
avec 660 bateaux, à la pêche sur le Zuyderzée. Il est
très difficile d'évaluer la quantité totale des poissons
fournis par cette pêche, et encore plus de déterminer la
part exacte que les Markois y prennent. D'une part, en
effet, une partie de ce poisson est vendue par les pêcheurs
avant le retour dans l'île ; et, d'un autre côté, le Markois
est toujours très réservé sur la valeur de sa pêche. On
ne peut établir aucun calcul sur la quantité qu'il vend
ici, car il n'y apporte, pour ainsi dire, que le panharing,
et la statistique se complique encore de l'irrégularité du
produit de la pêche des anchois. Quelquefois, dans une
saison (de juin à août), on ne prend que 300 ou 400
ancres (1) ; et, dans certaines années, on en a pris jusqu'à
25,000 ancres. L'anchois apporté à Monnickendam est
pris dans le Zuyderzée et quelquefois dans le Goudzée ;
mais, ce poisson n'est pas vendu à l'enchère. Les marchands qui en font le commerce engagent un certain
nombre de pêcheurs pour la saison et envoient des embarcations spéciales prendre le poisson à bord des bateaux,
afin que les pêcheurs ne soient pas obligés de quitter les
eaux où ils exercent leur industrie. Il y a aussi des
pêcheurs qui travaillent pour leur propre compte et qui

(1) L'*Ancre* contient de 3,000 à 4,000 poissons.

Rubens, le premier des peintres de l'école flamande.

vendent leur anchois, soit à Monnickendam, soit en mer à quelque *vrachtvaarder* (1).

La quantité de panharings qui arrive ici à l'enchère et qui est presque exclusivement importée par les pêcheurs de Marken et de Bunschoten est considérable.

Le prix des harengs varie beaucoup : les premiers de la saison se vendent jusqu'à 0 fr. 40 et 0 fr. 50 la pièce, tandis que lorsque la pêche est abondante, on en a jus-qu'à 200 pour moins de 0 fr. 05.

Les prix des anchois sont sujets aussi à de nombreuses variations, en raison de la qualité de ce poisson, de la quantité offerte sur le marché et de celle qui reste en entrepôt.

La pêche de Zuyderzée a beaucoup augmenté depuis qu'elle est délivrée des entraves du monopole : plusieurs causes, cependant, tendent à en diminuer les produits.

Sans parler du squale, appelé chien de mer, qui dé-truit une quantité considérable de panharings, on attribue la disposition partielle du hareng et de l'anchois, depuis quelques années, à l'agitation produite par les nombreux bateaux à vapeur qui sillonnent le Zuyderzée et nuisent à la reproduction.

On a remarqué, en outre, que le hareng se montre beaucoup plus tard qu'autrefois. Les mois les plus pro-ductifs qui étaient autrefois ceux de novembre et de décembre, sont aujourd'hui ceux de mars et d'avril ; et,

(1) Grande barque qui croise en mer pour acheter le poisson des pêcheurs.

à cette époque, on a perdu les débouchés, si importants, occasionnés par le carême.

Enfin, les droits d'entrée fort élevés qui pèsent sur le poisson, dans les pays étrangers, en restreignent le commerce à l'extérieur.

Les Markois ont une large part dans la pêche du Zuyderzée, non seulement parce qu'ils sont les plus actifs des pêcheurs de ces côtes, mais encore parce qu'ils travaillent sans cesse à améliorer leur industrie.

Autrefois, chacun d'eux pêchait seul avec ses filets à la traîne; aujourd'hui, ils se réunissent par groupe de deux et jettent leurs filets attachés aux deux barques qu'ils maintiennent à une distance de vingt à vingt-cinq mètres, de sorte que tout le poisson qui passe entre les deux embarcations se prend infailliblement.

M. Allan était intarissable quand il s'agissait de rendre hommage à la vaillance de ses braves compatriotes, à leur énergie persévérante et à leur industrie; mais, malgré tout le plaisir que j'avais à l'entendre, il fallut nous séparer : lui, pour retourner à Marken, auprès de sa famille et de ses élèves, et moi pour continuer mon voyage dont la première station, après Monnickendam, fut Broek.

Une visite à cette petite localité, est un pèlerinage obligé pour tout voyageur qui passe à Amsterdam; je crus devoir me conformer à cet usage en reprenant l'itinéraire que je n'avais pu suivre d'abord, parce que mon compagnon avait hâte de rentrer à Marken.

Broek, village du Waterland, est une des contrées les plus basses de la Hollande et est considéré comme la localité la plus propre du monde. Les 1500 habitants qu'il renferme, s'occupent presque tous de la fabrication des fameux fromages d'Edam, faits avec du lait doux, tandis que ceux de Leyde sont fabriqués avec du lait aigre.

Une partie de la population se compose de descendants de riches commerçants ou d'armateurs retirés des affaires.

Les rues du village sont pavées de petites briques placées de champ, qui produisent çà et là, surtout le long des maisons, l'effet d'une mosaïque.

Les maisons sont la plupart construites en bois; l'extérieur en est peint à l'huile, ordinairement vert et blanc. Ces façades bariolées, jointes aux toitures en tuiles brillantes, de toutes les couleurs, produisent au soleil un effet singulier.

Les habitations des familles peu aisées n'ont qu'un étage; celles des riches sont d'une architecture toute spéciale qui est quelquefois d'assez bon goût.

Les pignons font généralement face à la rue; la porte principale se trouve au milieu de la façade; mais, suivant une coutume souvent encore observée, on n'y passe qu'aux grandes fêtes de famille, aux mariages, aux enterrements, par un escalier mobile de trois ou quatre marches qu'on enlève aussitôt.

Les maisonnettes des fromagers sont particulièrement

intéressantes à visiter : On y entre par l'étable des
vaches ; mais, tout y est d'une propreté telle, que cette
étable pourrait servir de pièce de réception. Les vaches
sont, du reste, au pâturage pendant toute la belle
saison.

Leurs stalles sont quelque peu rehaussées, comme
une sorte d'estrade ; et, au-dessus de chacune d'elles,

Coiffures de Jeunes filles de Broek

existe un crampon fixé dans la solive, pour y attacher la
queue de la vache, de peur qu'elle ne se salisse.

Dans la laiterie, on m'a montré la préparation des
fromages : Les uns étaient sous la presse, les autres
dans l'eau pour la salaison.

A côté de ces étables, les riches propriétaires possèdent des salons somptueux, richement meublés, pourvus de rideaux et de tentures de soie et de velours.

Les petits jardins qui, ordinairement, entourent les

habitations sont tenus d'une manière irréprochable : les fleurs les plus belles et les plus rares s'y épanouissent.

Me voici revenu à Amsterdam que j'ai parcouru trop rapidement et que je veux revoir.

J'ai parlé, précédemment, de la *Maison des matelots*, où les marins sans ressources et sans travail trouvent la nourriture et le logement. Une autre institution non moins intéressante est la société, dite *Espoir du marin*, qui a son siège sur le Dam.

Les capitaines de vaisseau qui font partie de cette mutualité, ont le droit de porter au grand mât de leur navire un petit pavillon rouge, pourvu du numéro sous lequel ils se trouvent inscrits sur les registres de la société. Ce signe permet aux capitaines, membres de l'association, quand ils se rencontrent en mer, de se reconnaître et de se donner mutuellement des nouvelles.

Cette société possède, en outre, un fonds destiné à secourir les veuves et les orphelins des marins.

Du reste, Amsterdam est renommé pour ses établissements de bienfaisance, au nombre de plus de cent, entretenus par la charité privée, au profit des malades, des vieillards, des orphelins, des aliénés, des sourds-muets, des aveugles, etc...

Quelques-uns de ces établissements ont un extérieur monumental ; et, on m'a affirmé que 20,000 pauvres sont nourris tous les jours par la ville.

L'*Institut des aveugles,* fondé en 1808, est un des premiers établissements de ce genre : Il compte une soixantaine d'élèves de cinq à dix-huit ans, qui reçoivent des leçons de lecture, d'écriture, de calcul, de géographie, de travaux manuels, de langues diverses et de musique.

L'enseignement se donne au moyen de livres et de cartes imprimés en reliefs; on permet au public d'assister à quelques-unes des leçons; et, les résultats obtenus sont vraiment merveilleux.

Quelques maisons d'orphelins ont adopté un uniforme particulier.

Les élèves de l'*Orphelinat communal,* parmi lesquels plusieurs hommes remarquables ont reçu leur première éducation, ont des vestes noires et rouges, aux couleurs de la ville.

Les orphelines de l'hospice catholique sont habillées en noir, avec un fichu et un bonnet blanc; les luthériennes le sont en brun ou en bleu avec un bonnet noir.

Les dimanches, on voit beaucoup de ces orphelins dans les rues; et, l'on remarque que les garçons semblent particulièrement affectionner leur costume à deux couleurs. La mine réjouie de ces enfants, leur teint frais témoignent des soins dont ils sont l'objet.

Nous empruntons, au *Magasin pittoresque,* le récit d'une visite faite à ces établissements, il y a une vingtaine d'années; les choses n'ont guère varié depuis cette époque :

« Dans la Zwanenburger Straat, près d'un pont, je rencontre par hasard la maison d'asile et d'éducation pour les orphelins et orphelines de la classe pauvre. La

maison est vaste, de bonne apparence, très simple ; un
de ses côtés borde l'Amstel. J'entre sans délibérer ; on
est habitué aux visiteurs : le concierge, sans m'inter-
roger, me conduit dans une salle bien meublée où en ce
moment une dame d'âge moyen, à physionomie digne
et aimable, s'attache un tablier. Je suppose que je suis
en présence d'une sous-maîtresse de l'établissement.
La dame me tire d'erreur ; elle est l'une des six diaco-
nesses qui viennent tour à tour, pendant une journée,
s'acquitter gratuitement d'un devoir de surveillance fort
laborieux. Je veux me défendre d'être importun et m'a-
dresser à quelque subalterne ; mais la dame, en souriant
avec grâce, fait un geste de dénégation, prend un trou-
seau de clef et insiste pour me guider elle-même.

» La maison peuplée d'environ sept cents orphelins et
orphelines échelonnés depuis la première enfance jusqu'à l'âge de dix-neuf ou vingt ans, est divisée en deux
moitiés parfaitement régulières, l'une destinée aux filles,
l'autre aux garçons. La distribution est exactement la
même dans chacune des deux moitiés. Nous parcourons
successivement les salles d'asile, d'école, de lecture, les
réfectoires, les préaux, les cuisines, les salles à manger,
les ateliers, les dortoirs, l'infirmerie. Partout l'ordre, la
paix, le travail, une propreté extrême, un air de doux
contentement. Le régime est sain, suffisant, modeste :
le matin, on distribue à chaque enfant deux grandes
tartines beurrées ; on dîne à midi copieusement ; le soir,
on sert du gruau ou du laitage. Les heures de récréations

se passent, suivant le temps, dans une des salles de lecture ou dans une cour plantée d'arbres, près du fleuve,
où, à travers la palissade, on voit passer les bateaux. Le
système d'éducation paraît très sagement conçu et ap-
pliqué; on est loin de négliger l'instruction proprement
dite, parce qu'en Hollande on n'a pas le moindre doute
sur ses bienfaits : il faut, avant tout, éclairer les âmes,
mais l'enseignement des connaissances élémentaires ne
se sépare point de celui de la morale et de la religion;
en même temps, on prépare les enfants aux professions
qu'ils doivent exercer un jour : les jeunes filles sont
destinées très simplement à devenir domestiques, femmes de chambre, couturières; les jeunes garçons appren-
nent tous les états manuels. Je n'ai vu dans la maison
que des ateliers de cordonniers et de tailleurs; mais, on
les met en apprentissage au-dehors, et jusqu'à ce qu'ils
soient en mesure de se suffire à eux-mêmes, ils reviennent à l'établissement chaque soir. Dans les salles de
lecture, la diaconnesse me fait remarquer des sentences
morales écrites à la craie et que l'on renouvelle de
manière à approprier les avertissements à l'état moral
des élèves; on fait des lectures variées, dans les salles,
pendant le repas. Je ne traverse pas sans émotion l'infirmerie que j'aurais volontiers évitée. La dame s'ap-
proche du lit d'une fillette de huit ans, qui essaye en
vain de se soulever. Quelle charmante petite figure,
mais si pâle, si amaigrie, les yeux si grands et si tristes !
Pauvre enfant! combien de jours, d'heures peut-être,

avait-elle encore à vivre? La dame ouvre une bonbon-
nière où la petite malade jette un regard avide et puise
un peu de pâte sucrée; elle lève ensuite, vers la diaconesse, des yeux où se peint un sentiment si attendris-
sant de reconnaissance! O douloureux mystère! naître
et n'avoir à aimer ni père, ni mère; languir quelques
années dans la souffrance et mourir! Ma poitrine est
oppressée; je sens venir les larmes. J'embrasse les longs
petits doigts, maigres et brûlants de l'orpheline, et je fuis.

» La salle réservée au repos du soir, témoigne particulièrement d'une grande sollicitude morale. L'association charitable qui soutient l'installation, veut que les
enfants se plaisent dans leur asile et aient à regretter le
moins possible cette vie de la famille qui ne leur a pas
été donnée; on met à leur disposition un choix d'excellents livres, la plupart amusants : voyages, histoire,
poésie, et même, me dit la dame en écartant ses bras
baissés, comme lorsqu'on avoue une faiblesse, et même
des contes et quelques bons romans hollandais ou tra-
duits de l'anglais ou de l'allemand. Sous les vitrines, je
vis des jeux de dames, d'échecs, des modèles de dessins,
des instruments de musique. — « Nous voulons éviter
absolument que nos orphelins ne s'ennuient : vous nous
blâmerez peut-être, Monsieur; mais nous permettons
même à nos grands garçons, qui ont déjà plusieurs années d'apprentissage, d'aller fumer un peu le soir dans
le préau. Partout ailleurs, à leur âge et dans leur condition surtout, on fume. »

» Les murs de plusieurs grands corridors sont couverts de cases en bois d'un pied carré environ, fermées
avec de petites portes numérotées. Chaque enfant a la
sienne. Le bonheur des filles est d'y ranger, avec un soin
parfait, leur linge et les petits présents de leurs parents
ou des maîtresses; elles s'appellent les unes les autres
pour se montrer le nouvel ordre qu'elles imaginent et
pour se consulter. Les garçons, plus inventifs et plus
avides d'émotion, se donnent, dans leurs boîtes, des spec-
tacles; plusieurs de ces cases sont vraiment curieuses à
étudier : l'une d'elles, surtout, me paraît une petite mer-
veille; son possesseur, un blondin de six à sept ans, au
teint frais et rose, l'a décorée et peuplée d'images, de
manière à en faire un splendide opéra ou plutôt un
poème en miniature de la vie. Au premier plan, on voit
des fleurs, des oiseaux, des enfants; au second, des
troupeaux, des moissons; plus loin, des soldats, des
voyageurs leur sac sur le dos, des barques sur des
canaux; des maisons, les unes riches, les autres pauvres; ces scènes s'élèvent par degré jusqu'à des montagnes, dont le pauvre enfant n'a jamais vu les modèles
et qui lui sont d'autant plus prodigieuses et poétiques;
enfin, au-dessus des cimes de neige ou des cratères
fumants, le ciel s'entr'ouvre, et dans la perspective se
déroule toute la gloire céleste... Des espèces de festons
dorés ou peints tombent à quelques pouces du plafond de
la boîte, comme des nuages, et servent à la fois à orner
et à jeter un peu d'ombre et de mystère dans les loin-

Les syndics des drapiers. — Tableau de REMBRANDT.

R.F

tains. Toutes ces splendeurs en papier peint et en images découpées n'ont pas coûté dix sous, et je suis sûr qu'elles intéresseraient les plus habiles décorateurs de théâtres. L'imagination d'un poète s'en serait émue; Gœthe en aurait fait une description charmante. Le jeune auteur avait invité un de ses amis à voir son œuvre. Ils étaient là tous deux agenouillés, regardant de tous leurs yeux et contemplant en silence. La diaconesse, avec sa douceur accoutumée, leur adressa quelques paroles en hollandais sans les tirer de leur rêverie; puis, elle me dit en français : « Oh! les pauvres enfants, ils ont fait là le monde plus beau qu'ils ne le verront jamais! »

Lorsque les élèves sont sortis de la maison, après l'âge de vingt ans, l'association continue à veiller sur eux et les protège; s'ils arrivent à la vieillesse, sans famille et sans ressources, un hospice spécial les reçoit et ils y achèvent tranquillement leur vie avec d'anciens compagnons de leur enfance.

Les élèves de la maison dont nous venons de parler sont habillés de noir, et portent, comme marque distinctive, un chiffre cousu sur le bras gauche.

Ceux, nous l'avons dit, qui attirent le plus l'attention dans les rues d'Amsterdam portent des vêtements noirs et rouges. Leur asile, entretenu aux frais de la ville, est destiné aux orphelins de la classe bourgeoise. Cette maison s'honore d'avoir élevé Van-Speijk, l'un des héros de la marine hollandaise.

CHAPITRE XVII

Je ne pouvais quitter Amsterdam sans visiter quel-ques-unes des belles collections que renferment ses musées, et je voulus consacrer une journée tout entière à cette visite.

L'Hôtel de Ville, ancien hôtel de l'amirauté, renferme un grand nombre de tableaux curieux.

Au premier rang, parmi les créations de l'école de peinture hollandaise, figurent les tableaux dits de *syndics* et de *maison de tir*. C'était l'usage, au xvi° et xvii° siècles, de faire en groupes les portraits des syndics ou régents des différentes corporations et des établissements d'utilité publique ou de bienfaisance, des membres des nom-breuses associations, — surtout des compagnies d'arque-busiers, — et de suspendre ces tableaux dans les maisons des corporations et dans les maisons de tir (*doelen*).

187

L'Hôtel de Ville, renferme de remarquables tableaux de *doelen* et de *régents*, parmi lesquels le *banquet des archers*, peint en 1533, par Cornélis Anthoniszen, est considéré comme l'une des plus anciennes de ces toiles.

Je citerai parmi les toiles de la même collection : un tableau de *Fr. Bol*, représentant *quatre régents de léproserie*, assis autour d'une table, couverte d'un tapis de Perse et recevant un enfant qui leur est amené par un domestique. Une toile de *Fr. Hals*, sur laquelle ressortent, dans les poses les plus variées, treize officiers d'arquebusiers. Deux tableaux de *Van der Helst*, représentant l'un et l'autre quatre régents et leurs domestiques. Une autre toile du même peintre où sont réunis trente-deux membres d'un corps d'archers. Le portrait de Marie de Médicis, reine de France, par *G. Honthorst*. Quatre officiers du corps des Cluveniers, peints en pied, par *Govaert Flinck;* et, du même artiste, une réunion de douze archers. *Thomas de Keyser* est représenté dans cette curieuse collection, par un groupe de vingt-trois archers.

Mais, j'ai hâte de me rendre au *Trippenhuis*, le principal Musée d'Amsterdam, non loin de l'Hôtel de Ville et dont le nom signifie tout simplement, *maison de la famille Tripp;* c'est, certainement, la première galerie de peinture de la Hollande.

Ce musée fut fondé sous le gouvernement de Louis Bonaparte, qui fit réunir celles des collections des princes d'Orange qui n'avaient pas été transportées à Paris. De

nombreux achats, des restitutions, de riches donations
et des legs de particuliers et de corporations n'ont, depuis, cessé d'alimenter cette splendide galerie.

Le catalogue dressé, en hollandais et en français, avec
les fac-simile des monogrammes des artistes, comprend
538 tableaux, appartenant presque tous à l'école hollandaise des xviie et xviiie siècles.

Le Trippenhuis constituait, sans doute, une confortable et luxueuse résidence particulière ; mais, cet édifice
n'est pas digne de la collection qui l'illustre depuis 1814.

On comprendra qu'il m'était impossible, dans les
quelques heures, dont je pouvais disposer, de m'arrêter
devant toutes les toiles de ce magnifique musée.

La collection compte deux des plus célèbres toiles de
Rembrandt ; et, après quelques pas faits au hasard, je
me trouvai précisément devant la fameuse *Ronde de
nuit*, vaste peinture qui couvre toute une paroi. L'effet est
saisissant :

« Dans un édifice incertain, au milieu d'une atmosphère dorée, se détache en relief un étrange pêle-mêle de
personnages, la plupart armés. On affirme, maintenant,
que ces guerriers citoyens se préparent, non pas à une
ronde de nuit, mais à une fête civique, à faire escorte à
des magistrats, à recevoir quelque prince, ou à passer
une revue et à s'exercer au tir. Le tambour bat, le dra-
peau se déploie, un soldat tout de rouge habillé, charge
son arme avec des cartouches de bois, un autre souffle
sur sa mèche, un troisième, dont le casque est orné de

feuilles de chêne, est plus impatient et tire son mousquet. Derrière lui, curieuse apparition! marchent d'un pas léger deux jeunes filles : l'une d'elles, blonde, ornée de perles fines, vêtue de satin jaune paille, porte à sa ceinture un pistolet, une bourse et un oiseau mort! » Tout cela est plein de vie, de mouvement, d'animation. « Il semble qu'on entende le bruit des voix, des lances, des piques, des mousquets, des bottes, des éperons ; et, en même temps, la lumière, la couleur, exercent sur l'esprit une sorte de fascination. »

Je suis moi-même ébloui au milieu de tous ces chefs-d'œuvre des maîtres flamands inscrits au livre d'or de l'art. Les noms les plus illustres se pressent en foule sous mes yeux et augmentent mes regrets de ne pouvoir consacrer à ma visite des semaines et des mois.

Voici le *Banquet des arquebusiers* de *Barthélémy Van der Helst* : Des arquebusiers d'Amsterdam, réunis le 18 juin 1648, fêtent la conclusion de la paix de Westphalie. Vingt-cinq personnes, de grandeur naturelle, sont debout ou assises autour d'une table richement servie, et forment une société aussi joyeuse qu'animée. A une extrémité, on remarque le capitaine Wits, vêtu de velours noir, avec une ceinture bleue, tenant d'une main une corne à boire, en argent (1), et tendant l'autre main au lieutenant Van Waveren, dont le pourpoint gris-perle, richement galonné d'or, est de la plus grande élégance. Le milieu du tableau est occupé par l'enseigne Jacques

_____

(1) La corne qui a été reproduite, est aujourd'hui à l'Hôtel de Ville.

Benning, tandis qu'à sa gauche, le regard est attiré par plusieurs arquebusiers qui boivent et causent. L'auteur a su donner à toutes ces têtes une admirable expression de vie. La peinture, exécutée avec ampleur, est cependant des plus correctes et reproduit fidèlement les moindres détails.

Puis, ce sont des portraits : Le prince Frédéric d'Orange, la princesse Amélie de Solms, sa femme, le prince Maurice d'Orange, un Receveur général, Guillaume III roi d'Angleterre, un bourgmestre d'Amsterdam, le prince Frédéric-Henri d'Orange, le prince Guillaume II, Pierre-le-Grand, Guillaume-le-Taciturne, Marie-Henriette Stuart, Charles Ier d'Angleterre, défilent tour à tour sous mes yeux.

Une toile célèbre de Rembrandt, les *Syndics des drapiers*, arrête un instant mon attention : Autour d'une table recouverte d'un brillant tapis d'Orient, sont assis quatre syndics, pendant qu'un cinquième se lève, en proie, semble-t-il, à un mouvement d'impatience. A l'arrière-plan, se trouve un domestique de la corporation. Les dignes magistrats sont vêtus de noir; ils portent des chapeaux à larges bords et des collets plats. A côté de ces têtes si expressives, si animées, tous les portraits voisins me paraissent froids et sans vie.

En voilà un pourtant, représentant un homme d'un embonpoint extraordinaire, à la physionomie joviale et malicieuse, qui indique ce que l'on appelle un bon vivant, un joyeux convive. C'est le portrait du fils d'un juge de

Minden, de *Van der Helst*. Le portrait du juge, du même
peintre, est placé à côté. Je remarque également, du
même artiste, **quatre Syndics,** du corps des arquebusiers
de Saint-Sébastien : Ils sont assis autour d'une table et
examinent les objets précieux de la corporation. Une
servante, placée à leur gauche, leur apporte une grande
corne à boire.

Les curieux tableaux, dont l'un, connu sous le nom
de la *Plume flottante,* de *Hondekoeter*, m'arrêtent au passage. Personne, mieux que cet artiste, n'a traité les coqs
et les poules, les canards et les canes, et surtout les
poussins et les canetons. C'est la nature prise sur le vif,
le sentiment maternel de ces animaux interprété avec
une vérité saisissante. Dans l'un, une mère poule qui
n'a pas de pareilles pour la tendresse est accroupie avec
sollicitude; de dessous ses ailes étalées, sortent des
têtes éveillées de petits poussins; sur son dos est perché
le bambino privilégié; elle n'a garde de bouger, la
bonne mère! De ces tableaux, au nombre de huit, le plus
célèbre est celui qu'on intitule du nom consacré « la
plume flottante » : Cette plume de canard, flotte à la
surface d'une pièce d'eau, au bord de laquelle miroitent
des canards, un pélican, un flamant et autres oiseaux
aquatiques. Ne soufflez pas sur la plume, elle s'envole-
rait. L'illusion est absolue. Le fond de ce charmant
paysage est un parc.

Voici une scène villageoise d'Adrien Brauwer; de
délicieux paysages, si populaires, de Nicolas Benhem;

la cabane du berger de Paul Potter; puis, des Teniers, des Gérard Dow, des Breughel, des Van Ostade, des Van Dyck, des Rubens, des Ruisdaël, etc...

Nous avons déjà parlé de *Jan Steen*, qu'on a appelé, avec un peu d'exagération, le Molière de la peinture hollandaise. Me voici devant un tableau de cet artiste, dont les figures sont, pour la plupart, communes et grotesques, mais qui donne une idée exacte de la justesse de son talent d'observateur et de son habilité à composer une scène :

« Pendant la nuit qui précède la fête de Saint-Nicolas, comme chez nous à Noël, il est tombé du ciel par la cheminée des récompenses pour les enfants sages, des châtiments pour les paresseux et les mauvais caractères. Sur le devant du tableau, une bonne petite fille emporte, toute réjouie, son ample provision de jouets, et sa mère la complimente. En opposition, une servante montre en riant un balai, dans le soulier de ce grand benêt qui pleure et dont se moque un jeune frère. Le grand-père assis, paraît suivre du regard avec complaisance, la petite fille : ses souvenirs le reportent à son enfance; mais la grand'mère trouve le garçon trop puni et cherche à l'attirer vers l'alcôve, où elle a mis en réserve pour lui quelque cadeau : Le père tient dans ses bras la benjamine, et lui montre l'intérieur de la cheminée, d'où viendront aussi plus tard, pour elle, les joies ou les déceptions; un autre garçon, qui s'efforce naïvement de voir ce que le père indique du doigt, représente simple-

13

ment la crédulité. Il n'est pas une de ces figures qui soit inutile au sujet et ne contribue pour quelque part à l'intelligence et à l'intérêt de cette scène domestique. De même, il n'est pas un trait de visages ou un geste qui ne soit en parfaite harmonie avec l'ensemble. »

Si je suis sorti émerveillé du Trippenhuis, je n'ai pas éprouvé moins de plaisir à visiter une autre collection placée de l'autre côté du canal, dans l'ancien hospice de vieillards : C'est le musée *Van der Hoop*, du nom d'un banquier qui l'a légué à la ville. On y voit 199 tableaux, dont 159 de l'ancienne école hollandaise, parmi lesquels se trouvent des œuvres de premier ordre.

Parmi les autres curiosités d'Amsterdam, je mentionnerai : L'ancienne place du marché au beurre, aujourd'hui place Rembrandt, où se trouve une statue du grand artiste : ce bronze a été fondu d'après un modèle de Royer; il porte cette inscription : *Hommage de la postérité.*

L'*Université municipale*, l'ancien Athénée, parfaitement organisée, surtout en ce qui concerne les sciences naturelles. Les laboratoires de physique et de chimie, le jardin botanique, sont très remarquables. Ce local renferme quinze tableaux représentant des leçons d'anatomie, avec les portraits des principaux professeurs de médecine d'Amsterdam, aux xviie et xviiie siècles.

Au sud de la ville, près de la porte d'Utrecht, s'élève un quartier neuf, dont le centre est la place *Frédéric :* C'est là que se trouve le *Palais de l'Industrie*, vaste

La Saint Nicolas en Hollande, d'après une estampe de Hubrac (page 193).

R F

édifice en fer et en verre, érigé de 1855 à 1864. Il a
126 mètres de long sur 80 mètres de large; la coupole
elliptique, haute de 57 mètres, est couronnée par une
statue de la Victoire. La grande salle peut être éclairée
par 8,000 becs de gaz.

La *vieille église*, sur la place du même nom, a été
construite vers l'an 1300; elle est du style gothique et
compte 90 mètres de long sur 65 mètres de large. A
l'intérieur, quarante-deux colonnes supportent la voûte.
De curieux vitraux du xvie siècle, représentent des sujets
tirés du Nouveau Testament. Le monument de l'amiral
Jacob Van Heemskerk, mort en 1607, à la bataille navale
de Gibraltar, dans laquelle furent vaincus les Espagnols,
est accompagnée d'une inscription contenant une allusion
à deux tentatives faites par ce marin, pour découvrir
une route plus courte, vers les Indes orientales, par
l'Océan glacial, et à son hivernage à la Nouvelle-
Zemble. D'autres monuments d'hommes célèbres sont
érigés dans cette église.

Le *quartier juif,* habité uniquement, depuis des siècles,
par des israélites, est remarquable par son extraordinaire malpropreté, qui contraste étrangement avec la
propreté si minutieuse des Hollandais. Ce sont, partout,
d'immondes magasins de vieux habits, de vieilles fer-
railles et d'objets anciens de toutes sortes. Les Juifs,
qui ont deux synagogues, forment environ la dixième
partie de la population d'Amsterdam. La plus grande
des deux synagogues, celle des juifs portugais, cons-

truite, dit-on, sur le modèle du temple de Salomon, possède de précieux ustensiles, de curieux objets destinés
aux pratiques du culte.

On sait que les ateliers d'Amsterdam, pour la *taille
des diamants,* ont été de tout temps célèbres. L'art de polir
les diamants fut pendant longtemps le secret des juifs
d'Amsterdam et d'Anvers; on l'ignorait en Europe avant
le xv⁰ siècle.

Aujourd'hui encore, à Amsterdam, cette industrie est
exclusivement entre les mains de familles juives portu-
gaises.

Voici sommairement le procédé suivi dans les ateliers
pour la taille de cette précieuse substance : Un moulin,
établi à l'étage inférieur et mu par la vapeur, fait tour-
ner, à l'étage supérieur, de petits disques de fer, au
moyen d'un système de rouages. Chaque atelier renferme trente à quarante de ces disques; et devant chacun
de ces outils, constamment humectés d'huile et saupoudrés de poussière de diamant, se tient un ouvrier qui
presse un diamant, enchassé de plomb, contre cette sorte
de meule, et produit ainsi une facette en quelques minu-
tes. Pour fendre ou cliver le diamant, on se sert de fils
en métal, également saupoudrés de poussière de diamant.

CHAPITRE XVIII

Je quitte encore une fois Amsterdam, par le bateau à
vapeur qui doit me conduire à Zaandam, à Alkmaar et
au Helder.

Si, en s'éloignant de la capitale de la Hollande, on
jette un coup d'œil en arrière, on jouit d'une vue splendide : C'est la ville, avec ses monuments, ses quais, le
mouvement commercial de ses canaux, les bords pitto-
resques de l'Amstel ; puis, de tous côtés, des habitations
de plaisance, des villages aux constructions bariolées,
des prairies couvertes de superbe bétail, des arbres
chargés d'un luxuriant feuillage.

Zaandam ou Saandam est une ville d'un peu plus de

12,000 habitants, d'aspect tout à fait hollandais, et située
à l'embouchure de la Zaan, dans le golfe de l'Y. Ses
petites maisons, presque toutes à un étage, sont entourées de jardins ; elles sont généralement construites en
bois, et peintes en vert. Plus de quatre cents moulins,
servant aux usages les plus variés, s'élèvent le long du
cours de la Zaan.

Zaandam, que nous appellerons Saardam, —comme on
le fait toujours en France, — est célèbre surtout par le séjour qu'y fit Pierre-le-Grand, en qualité de simple charpentier, sous le nom de Pierre Mikhaëlof.

La *cabane* de Pierre-le-Grand est le palladium de
Saardam ; c'est la seule curiosité que renferme cette
petite ville, et c'est à cette petite construction qu'elle a dû
son développement et sa prospérité.

A peine suis-je débarqué qu'une escouade d'impor-
tuns m'offrent leurs services comme guides. Je fais un
signe à celui dont la physionomie me plaît davantage ; il
s'empare de mes bagages et me conduit, en suivant le
cours de l'eau, à une hôtellerie, le *Czaar Peter Logement.*
De là, il me fait descendre une ruelle étroite, traverser un
pont, et me voilà bientôt dans une cour où se trouve la
célèbre cabane. Bâtie en planches brutes, elle penche un
peu de côté ; car, les fondations en pierre ont cédé à la
suite d'inondations. La reine de Hollande Anna-Pau-
lowna, princesse russe, après avoir acquis la propriété
de cette petite maison, la fit abriter sous une toiture reposant sur des piliers en briques, afin de la protéger

contre les intempéries de l'air, et aussi contre la manie
de destruction des amateurs de reliques.

La cabane du fondateur de la puissance russe, se
compose de deux pièces et d'une alcôve. Les parois sont
toutes couvertes de noms; et, au-dessus de la cheminée
se détache une plaque en marbre portant l'inscription :
PETRO MAGNO, ALEXANDER. Cette plaque a été érigée, lors
de la visite que fit à Saardam, en 1814, l'empereur
Alexandre. Une deuxième plaque de marbre rappelle la
visite faite par l'empereur Alexandre II, en 1839.

On remarque, en outre, une représentation exacte de
l'ancienne cabane, quelques portraits de Pierre-le-Grand
et de l'impératrice Catherine, un portrait à l'huile, de
grandeur naturelle, du prince qu'on a appelé le *Charpentier de Saardam,* vêtu du costume des ouvriers cons-
tructeurs, peint en 1839 par Portman; et les registres
sur lesquels les visiteurs inscrivent leurs noms.

La cabane fut habitée par Pierre-le-Grand, pendant
le séjour qu'il fit à Zaardam, en 1697, pour apprendre
la construction navale, dans le chantier de *mynher Calf.*
Le czar voulait se mettre en état de diriger, en connais-
seur, les travaux maritimes de son empire.

D'après la tradition, il y serait arrivé incognito, sous
le nom de Pierre Michaëlof, en costume de charpentier
et en compagnie d'autres ouvriers.

Une foule de légendes, plus ou moins vraisemblables,
nées de toutes pièces dans l'imagination de leurs au-

teurs, ont été écrites sur les faits et gestes de l'illustre charpentier de Saardam.

La vérité est que le séjour du prince dans cette petite ville, ne dépassa pas une durée de huit jours. Le monarque fut tellement importuné, par l'affluence des curieux, qu'il préféra retourner à Amsterdam, où les chantiers de la Compagnie des Indes lui permettraient de travailler tranquillement en passant presque inaperçu.

Bien que le trajet de Zaardam à Alkmaar, en bateau à vapeur, soit de beaucoup le plus long, c'est pourtant cette voie que je choisis pour me rendre dans cette localité.

Les bords de la Zaan, rivière calme et paisible, semblable à un canal, indépendamment des moulins, qui y sont partout en grand nombre, présentent une succession de charmantes petites maisons peintes en vert, à toitures rouges, entretenues avec le plus grand soin, et ombragées par des arbres au feuillage touffu. Une heure, environ, après le départ, le bateau tourne à droite dans le canal de la Marker-Vaart; puis, après s'être arrêté près du village de Marken (qui n'a rien de commun que le nom avec l'île du Zuyderzée), il traverse, sur une courte étendue, la mer d'Alkmaar et entre dans le canal du Nord, laissant à droite le polder de Schermer. Le canal, comme on s'en aperçoit très bien, est beaucoup plus élevé que le pays avoisinant, composé de marécages et de tourbières dont l'œil embrasse les moindres détails.

Alkmaar, ville de 12,000 habitants, dont le nom signifie *tout mer*, tire son nom des marais qui l'environnaient jadis et qui sont maintenant desséchés. Elle est célèbre dans l'histoire de l'indépendance des Pays-Bas, par son héroïque et heureuse défense de 1573 contre les Espagnols.

La grande et belle église de Saint-Laurent est un édifice gothique intéressant à visiter, ainsi que l'église catholique, de même style et construite depuis une trentaine d'années seulement. L'Hôtel de Ville, du commencement du xvı° siècle, contient un musée d'antiquités locales auquel on a joint quelques tableaux.

Le commerce des fromages est très important à Alkmaar. Le vendredi de chaque semaine, un marché y attire les paysans de toute la Hollande septentrionale : la moitié, au moins, de ce commerce, pour la province, se fait dans cette ville. On évalue à quatre à cinq millions de kilogrammes, le fromage qui passe annuellement sur la balance de la ville. Les soirs de marché, la place située devant la tour du *Poids public*, est couverte d'innombrables piles de fromages rouges et jaunes, tandis que toutes les rues sont remplies des voitures bariolées des paysans.

Au nord-ouest d'Alkmaar, dans un pays riche et très fréquenté, est situé le village de *Bergen*, devenu célèbre par la défaite infligée aux Anglais, qui avaient débarqué en Hollande en 1799. Les Anglais furent battus et poursuivis par le général Brune, commandant l'armée franco-batave, qui les força à se rembarquer.

En continuant le trajet vers *Nieuwe-Diep*, on voit surgir à gauche, au-delà des champs et des pâturages, les dunes de Kamp; le village du même nom est situé sur le versant nord de ces dunes; bientôt, les dunes cessent tout à fait; et, d'après une ancienne tradition, il aurait existé là une des anciennes embouchures du Rhin; cet endroit, un des plus dangereux de la côte hollandaise, est constamment envahi par la mer, malgré des digues puissantes et d'autres ouvrages hydrauliques. Le reste du parcours n'offre rien de particulier : ce sont partout des pâturages; et par-ci par-là, rompant la monotonie, une maison de paysan, ou quelques touffes d'arbres.

Enfin, on aperçoit successivement les mâts et les voiles des navires de la rade et du port de Nieuwe-Diep : le bateau aborde près du grand pont.

Le Nieuwe-Diep est le port du Helder, construit dans ces quatre-vingts dernières années, par des moyens tout à fait artificiels. Il protège, par de grands môles et des saillies, les vaisseaux qui entrent dans le canal du nord. Les portes d'écluse, à l'entrée du bassin, ont près de vingt mètres de large.

C'est dans le port et en rade de Nieuwe-Diep, que stationne une partie de la flotte hollandaise que j'ai pu visiter sans difficulté.

Une rangée non interrompue de maisons, la plupart

Portrait de Jean Steen d'après une gravure du cabinet des estampes de
l'Université de Leyde.

à un seul étage, s'étend le long du canal du Helder, sur un parcours de deux kilomètres ; elles sont protégées par la grande digue du Helder.

Vers la fin du siècle dernier, le Helder n'était encore qu'un grand village habité par des pêcheurs. En 1811, Napoléon y fit construire, par des prisonniers de guerre espagnols, des fortifications considérables, qui furent achevées en 1826, par le gouvernement des Pays-Bas.

Aujourd'hui, le Helder est une ville de plus de 21,000 habitants, et en même temps une position stratégique de premier ordre.

La pointe extrême de la Hollande septentrionale étant, plus que toute autre partie du pays, exposée aux envahissements de la mer, cette position est aussi celle qui est abritée de tous côtés par des digues, élevées dans les dimensions les plus grandioses.

La grande digue du Helder a une longueur de dix kilomètres et une largeur de quatre mètres à son sommet, où l'on a tracé une bonne route de communication entre le Nieuwe-Diep et le Helder. La digue descend à soixante mètres dans la mer, avec une pente de quarante degrés. La marée la plus haute est loin d'en atteindre le sommet ; la plus basse couvre toujours ses fondements. De distance en distance, on voit s'avancer dans la mer, à plusieurs centaines de mètres, de forts bâtardeaux proportionnel à la hauteur et à la longueur de la digue.

Cette côte artificielle et gigantesque est entièrement composée de bloc de granit de Norwège.

Le Helder est presque le seul point de la côte hollandaise, où la mer soit suffisamment profonde, près du rivage, pour les vaisseaux du plus fort tonnage. La force de l'eau qui se jette à la marée haute à travers le détroit qui sépare le Helder du Texel, empêche les atterrissements et entretient une passe toujours facile.

Le parcours de la belle route de la digue permet d'embrasser d'un coup d'œil une des perspectives les plus grandioses que puisse rêver le voyageur.

Un fort s'élève sur le point culminant de la dune septentrionale et est surmonté d'un phare d'où l'on embrasse un immense horizon.

C'est dans le voisinage de cette dune que les flottes anglaise et française, d'une part, et celle des Hollandais, de l'autre, se livrèrent une bataille sanglante le 21 août 1673. Les Hollandais, commandés par les amiraux Ruyter et Tromp, remportèrent la victoire.

Plus d'un siècle après, en septembre 1793, une armée de 10,000 Anglais et de 13,000 Russes, placée sous les ordres de l'amiral Abercrombie et du duc d'Yorck, aborda en ce même endroit.

Aussitôt le débarquement opéré, le duc lança les Russes à la poursuite des Français; mais, leur ignorance de la topographie du pays, fit qu'ils s'égarèrent dans les bois épais du versant et des dunes; ils furent séparés du reste de l'armée et presque tous faits prisonniers, à la bataille de Bergen.

Après avoir, le 2 octobre suivant, remporté une victoire complète près d'Alkmaar, les Anglais vinrent oc-
cuper cette ville ; mais, trois jours plus tard, à la suite
du combat de Castricum, ils se virent forcés de battre en
retraite devant les forces du général Brune, et se retirèrent après avoir vainement cherché à détacher les Hollandais de l'alliance française.

Me voici arrivé à la limite extrême de l'itinéraire que
je m'étais tracé dans le nord de la Hollande ; j'ai franchi
le détroit et je suis dans l'île du Texel, en face du Helder.

L'île du Texel compte une population de 6,400 habitants ; elle se compose en majeure partie de pâturages
qui nourrissent de superbes troupeaux. On évalue à
200,000 livres la quantité de laine fine, produite annuellement par les moutons du Texel. Avec le lait des
brebis, on confectionne un fromage vert très recherché ;
cette couleur est communiquée au fromage par les ex-
créments des moutons qu'on lie dans un morceau d'étoffe
et qu'on trempe dans le lait. La chair des moutons du
Texel est également renommée et se paye toujours plus
chère que toute autre sur le marché d'Amsterdam.

La pointe septentrionale de l'île, s'appelle Eyerland,
mot qui signifie *terre aux œufs*. Là, en effet, une multitude d'oiseaux de mer, partis de la Norwège, viennent
faire leur ponte. Ces œufs, recueillis par les habitants
du Texel, sont vendus à Amsterdam.

Tous ces détails m'intéressaient vivement ; mais, cependant, ne m'empêchaient pas de penser à la France et

14

aux grands évènements auxquels elle avait pris part dans cette partie de la Hollande.

Je ne pouvais oublier, notamment ce fait d'armes, unique dans les fastes de la guerre, qui eut pour résultat la prise d'une flotte par la cavalerie.

Il ne me fallait pas un grand effort d'imagination pour voir les soldats français traverser au galop de leurs chevaux les plaines de glace du détroit, s'emparer des vaisseaux condamnés à l'immobilité et faire prisonnière l'armée navale.

Les soldats de la république ne connaissaient aucun obstacle, et ils l'ont bien montré au Texel.

« Sous l'impulsion d'un gouvernement qui ne demandait, ou plutôt n'ordonnait que la victoire, nos armées firent l'immortelle campagne de 1794, et leur élan survécut à la dictature. Pichegru et Jourdan, dirigés par Carnot, envahirent simultanément la Belgique. Le premier battit Clerfayt et le duc d'York à Courtrai et à Hooglède, et les refoula jusqu'en Hollande. Jourdan remporta sur Cobourg la décisive victoire de Fleurus (26 juin 1794); les Impériaux abandonnèrent Valenciennes et Condé, perdirent Bruxelles; et, toujours repoussés et battus, repassèrent le Rhin; Jourdan prit Cologne et Bonn, donna la main aux armées de la Moselle et du Haut-Rhin, victorieuses également des Prussiens. Maîtresses de la Belgique, de la rive gauche du Rhin, nos troupes entraient dans leurs quartiers d'hiver, lorsque le gouvernement français, répondant à

l'appel des patriotes hollandais, leur ordonna d'aller
renverser le stathouder. Le 8 nivose, an III, par dix-
sept degrés de froid, Pichegru traversa la Meuse gelée
avec des soldats à demi nus, sans souliers, sans pain,
réduits à camper sous des huttes de branchages; il battit
complètement l'armée hollandaise, passa le Wahal sur
la glace; et, le désordre se mettant parmi les Anglo-
Hollandais, Utrecht, La Haye, Gertruydemberg, Rotterdam, ouvrirent leurs portes. Pendant un hiver comme
on n'en avait pas vu d'exemple depuis un siècle, les
soldats républicains, semblables à des spectres déchar-
nés, attendaient le froid avec autant d'impatience que
d'autres désirent la belle saison..... Amsterdam vit avec
admiration, dix bataillons de ces braves, sans souliers,
sans bas, privés même des vêtements les plus indispensables et forcés de couvrir leur nudité avec des tresses de
paille, entrer triomphants dans ses murs, placer leurs
armes en faisceaux et bivouaquer pendant plusieurs
heures sur la place publique, au milieu de la glace et de
la neige, attendant avec résignation et sans un murmure
qu'on pourvût à leurs besoins et à leur casernement. La
flotte du Texel, immobile dans les glaces, fut cernée par
quelques escadrons; c'était la première fois qu'on eût
imaginé de prendre une flotte avec des hussards. Le
stathouder s'enfuit en Angleterre, et la république batave
contracta une alliance avec la république française
(21 mai 1795) (1).

(1) Bordier et Charton. — (*Histoire de France*, t. II.)

CHAPITRE XIX

Du Helder à Amsterdam. — Encore l'instituteur de Marken. — Adieux
définitifs. — En route pour Utrecht. — Les incidents de mon voyage. —
Une boutade. — Utrecht. — Ville ancienne. — Les archevêques. — Charles-Quint. — Les édifices. — Le Rhin et les canaux. — La tour de la
cathédrale. — Une vue comme il n'en existe guère. — Le musée. — Les
promenades. — Retour en France.

Rapidement, le train me ramène du Helder à Amsterdam, où m'attendait une agréable surprise. M. Allan,
que j'avais avisé de mon retour, avait profité d'un jour
de congé pour traverser le Goudzée, et se trouvait à la
gare pour me serrer la main une dernière fois.

L'entretien fut de courte durée; et, je chargeai l'excellent homme, à qui je devais des vacances si agréables
et si instructives, de porter mes meilleurs souhaits de
prospérité à sa famille et aux braves pêcheurs de la petite
île de Marken.

Le sort de cette honnête et laborieuse population avait
désormais une place dans mes préoccupations; et, c'est
sous l'empire de ce sentiment de reconnaissance, que je
me mis en route pour Utrecht.

Pendant que le chemin de fer m'emporte, je réfléchis, blotti dans mon coin, à tous les incidents de mon voyage; et, refaisant par la pensée, mon itinéraire, je me dis que la Hollande n'est pas le pays monotone qu'on croit généralement. La contrée ne possède ni pics élevés, ni vallées profondes; mais, le paysage des environs de Rotterdam est loin de ressembler à celui de Marken; et les polders de Harlem n'ont rien de commun avec les dunes boisées du Helder.

Je trouve cette pensée exprimée avec beaucoup de verve et d'esprit dans une page du *Magasin pittoresque*, que je demande à mes lecteurs la permission de mettre sous leurs yeux :

« La plupart des voyageurs qui reviennent de Hollande disent ou écrivent avec une sorte de dépit : « Les villes s'y ressemblent; qui en connaît une les connaît toutes. » Je m'étonne. Ne serait-ce pas que ces voyageurs passent trop vite et n'aperçoivent que les traits généraux? A ce compte, tous les hommes se ressemblent aussi. Cependant, même d'assez loin, on peut trouver d'assez notables différences entre Achille, Ulysse, Pâris et Thersite, Hélène et Xanthippe. Il en est de même parmi toutes les choses naturelles ou humaines. Plus on regarde, plus on distingue. Ce qui tout d'abord apparaît, c'est l'unité; la variété se découvre ensuite, et, une fois entrevue, n'a plus de fin. Non seulement Rotterdam diffère de La Haye, Leyde d'Amsterdam, et ainsi de suite, mais les constructions les plus sim-

Une vue d'Utrecht et de la tour de la Cathédrale.

ples, les vingt-cinq mille moulins, par exemple, qui
tournent leurs ailes à tous les points de l'horizon hollandais, sont aussi variés entre eux d'aspect, de physionomie, de couleur, que le sont le paysan, le marin, le
bourgeois, le pasteur, la laitière, la marchande, l'orpheline, la Frisonne ou la Juive. Comment seraient–ils
tous semblables? Divers sont leurs services, et diverses
aussi leurs fortunes. Les uns, industriels, pauvres ou
riches, sont occupés jour et nuit à moudre, d'autres à
scier ; le plus grand nombre, agents officiels, fonction-
naires de tous grades, épuisent incessamment les eaux qui
s'infiltrent et menacent les prairies de l'inondation.
Petits, moyens ou grands, ils sont faits, les uns de
briques rouges, les autres de maçonnerie blanche ; ceux-
ci, de simple bois, grossièrement charpentés, la taille
tout d'une venue ; ceux-là, de bois choisis, habilement
travaillés, finement décorés, revêtus de belles couleurs,
sveltes, gracieux ou superbes. On en voit dont les étages
sont garnis de balustrades élégantes, où parfois même
des filets d'or se mêlent à la sculpture.

» Un soir, au bord d'un canal, j'avais ralenti ma marche pour regarder une famille assise sur un de ces
balcons aériens. Une jeune femme, le front ceint de
larges plaques d'or, coquettement coiffée d'un bonnet de
dentelle de Flandre, versait un thé couleur d'ambre
dans des coupes du Japon ; le soleil couchant empour-
prait cette scène paisible. Au même instant, un gros
navire, presque aussi large que le canal et aussi haut

que le moulin, vint à passer, glissant sans bruit sur
l'eau calme, et portant dans ses vastes flancs les épices
et les parfums de Java. Un jeune homme, debout sur le
pont, salua la jeune femme qui lui tendit de loin une
tasse en souriant. Quelques paroles s'échangèrent entre
eux. Que disaient-ils? Je ne pouvais le comprendre;
mais toute la famille et les marins éclatèrent en rires et
en bravos, qui réveillèrent à demi trois grasses vaches
couchées près de moi dans les herbes : elles entr'ouvrirent leurs grands yeux languissants, et moi, je m'éloi-
gnai en songeant que j'entendais plus souvent rire dans
la taciturne Hollande que dans la vive et bruyante Italie;
puis, je m'étonnai encore d'en être surpris en me sou-
venant que j'étais dans le pays des peintres du rire dont
Jean Steen est le chef joyeux... »

C'est plongé dans des réflexions de ce genre que j'ar-
rivai à Utrecht.

Cette ville, de 65,000 habitants, est traversée par un
bras du Rhin. Le nom de *Trajectum ad Rhenum* (gué du
Rhin), sous lequel elle est désignée dans l'Itinéraire
d'Antonin, indique qu'elle dut être une des cinquante
forteresses que Drusus fit construire chez les Bataves
pour s'assurer du cours des principales rivières.

Utrecht est le chef-lieu de la province du même nom;
c'est une des plus anciennes villes des Pays-Bas.
Dagobert Ier, roi des Francs Austrasiens, y fonda la
première église des Frisons, dont l'évêque était alors
Saint-Willebrord. Les archevêques d'Utrecht furent au

moyen âge, de puissants prélats dont les richesses et
l'influence contribuèrent à l'érection de splendides églises.

Charles-Quint y construisit le château de *Vreeburg* ou
Vredemburg (château de la paix), espèce de bastille que
les citoyens démolirent, en 1577, pendant les guerres
contre l'Espagne. La place où se trouvait ce monument,
à l'entrée de la ville, près de la gare du chemin de fer,
en a conservé le nom.

Du reste, la plupart des édifices d'Utrecht, ont un
caractère d'ancienneté qui inspire le respect; en les
visitant, le souvenir de l'acte d'union de 1579, qui pro-
clama l'indépendance de la république des Sept-Pro-
vince-Unies, celui de la Paix qui y fut signé en 1713 se
présentent à l'esprit. Ce fut au sein de cette ville, ber-
ceau du précepteur de Charles-Quint, — le pape Adrien VI,
— que se forma cette puissance maritime, qui lutta contre l'Angleterre, et qui, après avoir été humiliée par
Louis XIV, le fit trembler à son tour.

Le Rhin se divise à Utrecht en deux bras : l'un porte
le nom de Vieux-Rhin, jusqu'à son embouchure dans la
mer du Nord ; l'autre, appelé le *Vecht*, se jette dans le
Zuyderzée ; la ville est, en outre, traversée par deux
canaux dont le niveau est considérablement plus bas
que les maisons, ce qui prête à cette vieille cité un aspect
tout particulier.

La cathédrale, église gothique du xiii° siècle, construite sur l'emplacement de celle fondée par Saint-
Willebrord, est une vaste basilique, — une des plus

grandes des Pays-Bas, — dont une violente tempête fit écrouler la nef le 1ᵉʳ août 1674. Cette nef n'ayant pas été rebâtie, la tour de l'église se trouve séparée par une grande place du transept et du chœur.

L'intérieur de l'église, où reposent les cendres de plusieurs empereurs, est aujourd'hui encombré de bancs grossiers qui ont fini par défigurer presque entièrement ce bel édifice, dont la voûte gothique et les dix-huit piliers produiraient un effet grandiose, sans cet encombrement de mauvais goût.

De beaux cloîtres gothiques, attenant à la cathédrale, sont utilisés par l'Université.

La tour, qui avait autrefois 125 mètres, n'en compte plus que 103; elle repose sur une voûte de 11 mètres de hauteur et qui sert de passage. Elle est carrée, à trois étages dont celui de la partie supérieure est octogone et travaillé à jour; un saint Martin, à cheval, sert de girouette. Le carillon se compose de quarante-deux cloches.

Il ne faut pas gravir moins de 453 marches pour arriver au point le plus élevé de cette tour; mais, la vue dont on y jouit dédommage amplement de la peine qu'on s'est donnée. Le regard peut embrasser presque toute la Hollande, une partie de la Gueldre et du Brabant septentrional.

L'*Université* d'Utrecht, dont la réputation est fort ancienne, compte vingt-six professeurs et plus de cinq cents étudiants : elle a été fondée en 1636.

Le *musée archiépiscopal* comprend toutes les branches de l'art religieux ; il est d'une très grande importance pour l'histoire de cet art dans les Pays-Bas. La collection comprend surtout des tableaux des xv⁰ xvi⁰ et xvii⁰ siècles, des plaques de cuivre, travaillées au repoussé « à la manière de Durer, » et représentant des scènes de la Passion ; des sculptures en bois des xiv⁰ et xv⁰ siècles, des modèles d'églises, ostensoirs, calices et patènes des mêmes siècles ; des évangiles des viii⁰ et ix⁰ siècles ; des livres d'heures avec miniatures, de très beaux ornements d'église ; et encore, de magnifiques dentelles françaises, néerlandaises et vénitiennes.

L'église catholique, Sainte-Catherine, date de 1524 ; elle a été nouvellement restaurée ; elle est ornée de peintures polychromes et possède un très beau jubé.

L'Hôtel de Ville, moderne, renferme un musée d'antiquités où se pressent de riches chapiteaux, de belles statues, de jolis bas-reliefs, de la céramique, des incrustations, des armes, etc...

Toute la monnaie de la Hollande et de ses colonies se frappe à Utrecht : l'établissement possède de très anciennes collections de monnaies, de médailles et de sceaux.

Le mail est une superbe promenade consistant en une longue avenue formée de six rangées de tilleuls et bordée de belles maisons.

Les environs d'Utrecht présentent des sites fort agréables : Ce sont des pays fertiles, traversés par les bras du Rhin et des canaux et transformés presque partout en jardins; on y voit de tous côtés de charmantes habitations, de somptueuses maisons de plaisance et des parcs bien entretenus.

Mais l'heure du départ a sonné, et le moment est venu pour moi de quitter définitivement la Hollande. Le train m'emporte rapidement; je n'ai plus, comme à mon arrivée, la compagnie de M. Allan, dont la conversation intéressante abrégeait les heures du voyage; ma pensée est encore là-bas, dans le Zuyderzée.

Bercé par le mouvement du wagon, je revois les scènes intéressantes auxquelles il m'a été permis d'assister : les botters rentrant au port, les maisonnettes juchées sur les terpens, les kubbots glissant sur les canaux; puis, cette cérémonie étrange des fiançailles de Dirk et de Grietje, un peu gênés dans leur costume du xvie siècle, au milieu d'une assistance curieuse et un peu indiscrète; et la promenade pittoresque de la noce, et la gaieté débordante des convives!...

Mais, ce que je ne veux jamais oublier, ce sont les mœurs simples et honnêtes des *Pêcheurs de l'île de Marken*.

FIN DES PÊCHEURS DE L'ILE DE MARKEN.

NOTICE

SUR LA BELGIQUE

La Belgique occupe les vastes plaines, situées à l'embouchure de la Meuse et du Rhin, au nord-est de la France. Cet Etat est borné au nord par les Pays-Bas, à l'est par les Pays-Bas et l'Allemagne; au sud-ouest par la France, et au nord-ouest par la mer du Nord.

La population de la Belgique est d'un peu plus de cinq millions trois cent mille habitants.

La mer du Nord baigne la Belgique sur une étendue de côte de 68 kilomètres environ. Une chaîne de dunes borne le rivage et sert de barrière contre les envahissements des flots; entre Wenduyne et Heyst, où cette défense naturelle manquait, il a fallu la remplacer par d'immenses jetées destinées à reconquérir la plage envahie devant l'ancienne digue du *Comte Jean*. Au sud de Nieuport, au contraire, la mer tend à abandonner la côte. Les dunes, sous l'influence du vent du nord-ouest,

envahissent l'intérieur du pays et ne s'arrêtent que lorsqu'on leur oppose des plantations.

Des bancs nombreux d'un sable fin, gris et noir, forment le prolongement sous-marin de la côte ; les parties
de ces bancs les plus élevées et les plus dangereuses
pour les navigateurs ont reçu le nom de *pollaert ;* elles
n'ont pas trois mètres de brassiage, au moment des plus
basses eaux.

La Belgique présente, sous le rapport physique, une
transition bien marquée entre le territoire néerlandais et
le territoire français : Au nord, les deux provinces de
Flandre, celle d'Anvers et celle du Brabant méridional,
offrent des plaines comme celles de la Hollande, et les
marais du Limbourg se confondent avec ceux du sol
néerlandais ; au sud s'étendent des plateaux ondulés qui
se continuent sur le territoire de la France. Les aspérités
du sol ne sont, dans la Belgique, que des collines ; elles
appartiennent au groupe du système alpique qui domine
en France. Le plateau des Ardennes s'étend dans le
Hainaut, la province de Namur et celle de Limbourg.
Les plateaux qui se trouvent entre l'Escaut et la Meuse
sont sillonnés par des fentes au fond desquelles coulent
des rivières, ce qui donne à la contrée un aspect montueux. La contrée située à l'est de la Meuse s'élève dans
la direction du sud-ouest, c'est-à-dire vers les frontières
de France ; mais, ses points les plus culminants ne dé-
passent pas 350 mètres au-dessus du niveau de l'Océan.
Elle est, en général, sillonnée par un grand nombre de

vallées. Ce mouvement du sol, l'existence d'une multitude de petites rivières, et le mélange des rochers escar-
pés avec des prairies, des terres labourables et de petites
forêts, lui donnent un aspect très pittoresque ; mais,
comme dans presque tous les autres pays où dominent
les terrains primitifs, le sol est peu fertile, à l'exception
cependant des parties situées au nord de la Sambre et
de la Meuse, sur lesquelles se sont étendus des dépôts
muables de terrains secondaires ; de sorte que les richesses minérales s'y trouvent réunies, ce qui a fait dire que
le mineur et le minéralogiste, accoutumés à habiter des
montagnes arides, étaient étonnés de se rencontrer, dans
le Hainaut, au milieu de plaines couvertes d'une végétation brillante, où la culture est portée au plus haut point
de perfection.

Les derniers rameaux des Ardennes pénètrent au
sud-ouest en Belgique ; leurs sommités ont une hauteur
moyenne de 550 mètres au-dessus du niveau de la mer.
Cependant, l'Ardenne belge n'est pas montueuse ; on y
voit des suites considérables de plateaux qui ne présentent que de légères ondulations. Mais, dans les parties
traversées par des rivières un peu importantes, telles
que l'*Our*, la *Meuse*, le *Roër*, le *Semois*, la *Sure*, etc... elle
est déchirée par une multitude de vallées et de gorges
extrèmement profondes, souvent très resserrées, qui présentent des escarpements de plus de 200 mètres de hauteur. Il résulta de cette disposition que cette région renferme des cantons très montueux et d'autres presque

plats, et que cependant les sommets des plateaux sont
partout à peu près de la même hauteur et le terrain de
la même nature. On connaît ses immenses forêts, mais
la majeure partie du sol est aride, et ne présente que des
landes qui forment ou de vastes plateaux marécageux et
absolument incultes, connus dans le pays, sous le nom
de *fagnes*, ou de mauvaises pâtures qu'on ne peut livrer
à la culture qu'après un long intervalle de temps et par
un procédé particulier au pays. Ce n'est, en général,
que dans les vallées, qu'on trouve de véritables prairies
et des terres régulièrement cultivées.

Les roches quartzeuses et celles qui renferment de
l'amphibole, et qui forment des couches au milieu du
terrain ardoisier, constituent une branche importante
d'exploitation pour le pavage des routes et la fabrication
des meules à aiguiser. C'est dans le terrain qui contient
de l'anthracite, que se trouve cette grande variété de
marbres, l'une des richesses minérales de la Belgique,
principalement celui qui doit à de nombreux débris de
corps organisés marins, le nom de *petit granit;* on doit
encore citer les *marbres de Namur*, et celui de *Sainte-
Anne*, veiné de gris et de blanc. Un autre marbre assez
estimé est la *brèche* de Waulsort, dans la province de
Namur. Le même terrain contient en abondance de
riches minerais de fer et de plomb, et donne naissance
aux célèbres eaux thermales de Chaudfontaine, près de
Liège. Le schiste est exploité comme pierre de construction, et employé aussi en carreaux, en tables et quelque-

fois en ardoises; au milieu des roches schiteuses des bords de la Meuse, on exploite ces pierres à aiguiser, ces pierres à rasoir que l'on expédie sur tous les points de l'Europe, ces schistes chargés d'alun que l'on vend sous le nom de *crayons de charpentiers;* enfin, c'est du terrain ardoisier que jaillissent les eaux minérales de Spa, qui ont acquis une si grande célébrité.

Le fer abonde dans le terrain anthraxifère, et se présente à l'état de *fer oxydé,* que les mineurs appellent *mine rouge,* ou de *fer hydraté,* qu'ils nomment *mine jaune.* A Visé, on trouve du cuivre pyriteux disséminé en globules; à Moresnet, dans la province de Liège, on exploite, — dans la localité connue sous le nom de *la Vieille Montagne* ainsi qu'aux environs de Limbourg, — du zinc qui sert à alimenter une importante fabrique établie à Liège, et plusieurs manufactures qui existent en Belgique et dans le nord de la France.

Toute la Belgique appartient au versant de la mer du Nord et est comprise dans les trois bassins de la Meuse, de l'Escaut et de l'Yser.

L'*Escaut,* en flamand *Schelde,* prend sa source en France, près de Catelet, au pied du mont Saint-Martin, à 110 mètres d'altitude; après un parcours de 107 kilomètres, il entre en Belgique près de Tournay, arrose Courtray, Audenarde, Gand, Anvers, et après un parcours de 233 kilomètres, il entre dans les Pays-Bas. Ses principaux affluents sont la *Haine,* la *Trouille,* la *Lys,* la *Dendre,* la *Rupel,* la *Dyle,* la *Nèthe.*

La *Meuse*, en wallon *Mouse*, en flamand *Maes*, prend sa source en France à quelque distance du village de Meuse, le premier qu'elle traverse et qui lui donne son nom ; après un parcours de 460 kilomètres, elle entre en Belgique, arrose Dinant, Namur, Huy, Liège et entre bientôt dans les Pays-Bas, pour aller se jeter dans la mer du Nord. Elle reçoit la *Semoy*, la *Lesse*, l'*Ourthe*, la *Sambre*.

L'*Iser*, qui donne son nom à un petit bassin côtier, prend sa source en France à 6 kilomètres au nord-est de Saint-Omer; il entre en Belgique après un parcours de 28 kilomètres, arrose Reninghe, Dixmude, Nieuport et se jette dans la mer du Nord, après un cours de 78 kilomètres.

La Belgique est encore arrosée par la *Sure* et par l'*Oise*, affluent de la Seine, qui prend sa source dans le bois de la Thierache, commune de Chimay, sert de limite entre la Belgique et la France, et abandonne le territoire belge après un parcours de 17 kilomètres.

La plupart des rivières de la Belgique communiquent entre elles par des canaux, ou sont accompagnées de canaux latéraux.

Les diverses parties de la Belgique diffèrent principalement par leur humidité plus ou moins grande. Dans le Luxembourg, le climat est sain et tempéré. Le chêne, le frêne et le hêtre dominent dans ses belles forêts; les bêtes à cornes y trouvent des pâturages abondants; on y cultive quelques vignes qui donnent un vin médiocre;

les arbres fruitiers sont rares ; le blé réussit avec peine ; mais l'habitant tire un grand avantage de la culture du seigle, de l'avoine et surtout de la pomme de terre.

Dans la province de Liège, l'air est souvent brumeux ; les vallées fertiles et bien cultivées produisent, indépendamment des autres récoltes, une belle qualité de froment.

L'air de la province de Namur est vif et sain ; le sol très varié, se prête bien à la culture ; les moutons ont une laine plus belle et une chair plus succulente que dans les autres provinces.

Le climat du Hainaut est tempéré ; on y remarque la même fertilité ; les forêts, plus disséminées, produisent de beaux bois de charpente.

Les Flandres sont sous l'influence d'un climat humide qui fait naître des fièvres dangereuses ; l'été y est chaud, mais pluvieux ; l'hiver y est froid. Les deux Flandres nourrissent des chevaux trop lourds pour la cavalerie, mais excellents pour le trait. Les autres animaux domestiques s'y font remarquer par leurs qualités qu'ils doivent à d'excellents pâturages. Les végétaux qui y réussissent le mieux sont le tabac, le chanvre, la garance et surtout le lin, principale richesse du pays. Cette contrée est dépourvue de forêts ; mais, la tourbe y abonde et on y fait un grand usage de ce combustible.

Les provinces du Brabant méridional, d'Anvers, et du Brabant septentrional sont saines quoique humides : le sol y est partout fertile, excepté dans le nord de la dernière, où les bruyères et quelques forêts de pins couvrent encore des landes sablonneuses, sur lesquelles la tourbe s'accumule au fond des grands marécages. Le Limbourg, non moins marécageux, se livre avec succès à l'élevage des bestiaux et à l'éducation des abeilles.

Les provinces qui composent aujourd'hui le royaume de Belgique furent, après une vigoureuse résistance, soumise à la domination romaine par Jules César. Cette domination se soutint jusqu'au ve siècle, époque où les Francs saliens vinrent se fixer entre l'Escaut, la Meuse et le Rhin.

Au ixe siècle, le pays fit partie du vaste empire de Charlemagne. Lors du morcellement de cet empire, le comté de Flandre (Belgique neustrienne) devint un fief du royaume de France; la partie austrasienne forma quelque temps un royaume particulier, sous le nom de Lotharingie; puis, après maintes vicissitudes, elle reconnut la suzeraineté des empereurs d'Allemagne. Pendant les temps féodaux, le pays fut morcelé en Etats indépendants. C'est alors qu'on vit les Belges prendre une large part aux croisades et aux guerres entre la France et l'Angleterre, tandis que leur pays, malgré de fréquentes révolutions, s'enrichissait par le commerce et l'industrie. Au xve siècle, Philippe-le-Bon réunit la plus grande partie des Etats belges au duché de Bourgogne. Le règne de ce prince fut long et prospère; il attira à sa cour un grand nombre de savants et d'artistes, parmi lesquelles brillèrent Hubert et Jean Van

Eyck, les fondateurs de la première école de peinture flamande. Charles-le-Téméraire, son fils, se rendit redoutable à ses voisins, et se vit au moment de ceindre la couronne royale; mais son obstination à poursuivre ses gigantesques projets, causa la ruine de sa puissance. Vaincu par les Suisses à Granson et à Morat, il mourut en 1477, sous les murs de Nancy. Sa fille, Marie, à laquelle Louis XI reprit la Bourgogne, épousa l'Archiduc Maximilien d'Autriche.

La Belgique resta unie et puissante sous Philippe-le-Beau, — roi d'Aragon, par son mariage avec Jeanne d'Aragon, — et sous Charles-Quint, élevé en 1519 à la dignité impériale. A la mort de ce prince, la Belgique tomba sous la domination espagnole et les troubles religieux qui attristèrent le règne de Philippe II, amenèrent les premiers démembrements du pays. Enlevée par un soulèvement général à l'autorité du roi, puis reconquise par le prince Alexandre de Parme, la partie méridionale des Pays-Bas resta à l'Espagne, tandis que la partie septentrionale, forma la république des Provinces-Unies sous le stathoudérat de la famille de Nassau. A sa mort, le roi Philippe II céda les Pays-Bas à sa fille Isabelle et à l'archiduc Albert d'Autriche; mais ces princes moururent sans laisser de postérité et la guerre ne se termina qu'en 1648, par le traité de Munster, qui abandonna aux Provinces-Unies la possession de Maëstricht, d'une partie du Brabant et de quelques villes de Flandre. D'autre part, les guerres entre la France et l'Espagne, jusqu'à la fin du xviie siècle, coûtèrent à la Belgique l'Artois, une partie de la Flandre, du Hainaut et du Luxembourg.

En 1713, la souveraineté de la Belgique passa à l'Autriche par le traité d'Utrecht, et elle resta à cette puissance jusqu'en 1794; mais dans cette période, elle fut temporairement conquise par Louis XV de 1745 à 1748; elle vit éclater la révolution brabançonne (1789-1790), et elle eut à subir la première invasion des Français en 1792. La victoire de Fleurus, en 1792, rendit à ces derniers la Belgique qui fut réunie à la République; elle fut divisée en neuf départements.

Fraction de l'empire français, puis annexée aux Provinces-Unies, pour former les Pays-Bas, la Belgique est devenue en 1830, un Etat distinct, sur lequel en 1831, le prince Léopold de Saxe-Cobourg a été appelé à régner par le congrès national, sous le nom de Léopold Ier. Son fils, Léopold II, lui a succédé le 10 décembre 1865.

Le royaume de Belgique est divisé en neuf provinces, subdivisées en 49 arrondissements administratifs et 2,504 communes.

Les neuf provinces sont : *Anvers, Brabant, Flandre occidentale, Flandre orientale, Hainaut, Liège, Limbourg, Luxembourg* et *Namur.*

La capitale du royaume de Belgique est Bruxelles, en flamand *Brussel,* dans la province de Brabant. Cette ville, résidence du roi, siège du gouvernement et des cham—

bres, est située à peu près au centre du royaume, sur la *Senne,* petite rivière affluent de l'Escaut.

La ville se compose d'une partie basse au nord-ouest, et d'une partie haute au sud-est de la précédente et sur le versant d'une colline qui s'élève de la vallée de la Senne.

La population de Bruxelles, en y comprenant ses huit faubourgs, est de près de 400,000 habitants.

L'un des faubourgs, *Lacken,* qui s'étend sur la colline de *Schoonenberg* (Beaumont), possède le château royal, bâti de 1782 à 1784, qui sert de résidence d'été à la cour. Le château de Laeken s'élève au sommet de la côte, appelée *Donderberg,* ou montagne du Tonnerre. Une terrasse magnifique, bordée des deux côtés par des bosquets touffus et traversée dans son milieu par un vaste étang, permet de jouir d'une vue admirable sur la Senne, le canal de Willebroeck et la capitale.

Les autres villes les plus remarquables de la Belgique sont : Louvain et Nivelles dans le Brabant; Anvers, chef-lieu de la province du même nom; Malines et Turnhout, chefs-lieux d'arrondissements; Gand, Alost, Saint-Nicolas, Termonde, Audenarde, Eecloo dans la Flandre orientale; Bruges, Ypres, Courtrai, Thielt, Roulers, Furnes, Ostende et Dixmude, dans la Flandre occidentale; Mons, Tournai et Charleroi, dans le Hainaut; Namur, Dinant et Philippeville, dont la province de Namur; Hasselt, Maeseyck et Tongres dans le Limbourg; Liège, Huy, Verviers, Warenne, dans la pro-

vince de Liège; Autun, Bastogne, Marche, Neufchâteau
et Virton dans la province de Luxembourg.

Le peuple belge possède, à un très haut degré, le sentiment des beaux-arts : les nombreux artistes qu'il a
produits, attestent la supériorité qu'il s'est acquise sous
ce rapport. La musique semble être un besoin impérieux
dans toutes les classes de la société : Bien longtemps
avant la France, la Belgique possédait, dans la plupart
de ses villes, des sociétés philarmoniques parfaitement
organisées et des concours musicaux fort suivis.

On ne peut pas dire du Belge qu'il soit très frugal; le
café ou la brasserie absorbent une partie de sa journée :
Néanmoins, cette remarque s'applique particulièrement
aux habitants des villes, aux classes aisées de la société,
et il serait injuste de la généraliser. Chez le paysan
belge, il y a de l'activité et un travail soutenu; le Wallon, c'est-à-dire l'habitant du pays de Liège, du Namu-
rois et du Hainaut est plein de zèle et de bonne volonté;
il s'adonne au commerce et à l'agriculture avec passion; il est économe, rangé, industrieux; et, par sa
gaieté et la vivacité de son esprit, il rappelle le Français.

La Belgique, forme une monarchie constitutionnelle,
héréditaire dans la ligne masculine; elle a été déclarée,
par le traité qui reconnaît son indépendance, Etat per-
pétuellement neutre envers tous les autres Etats. La
constitution décrétée par le congrès national du 7 février 1831, place le pouvoir dans la nation qui l'exerce
par ses représentants; elle consacre la liberté indivi-

duelle, l'égalité de tous les Belges devant la loi, la liberté
des cultes, le droit de s'assembler et de s'associer, la
liberté de l'enseignement et de la presse. La représentation nationale, comprend le Sénat et la Chambre des
représentants. Le premier magistrat de chacune des
neuf provinces porte le titre de gouverneur. L'organisa-
tion judiciaire est à peu près la même que celle de la
France. La constitution belge garantit la pleine et entière liberté de l'enseignement; aussi, les établissements
scolaires y sont-ils nombreux et très fréquentés.

L'industrie agricole est très avancée, surtout dans la
Flandre : la culture du lin, du houblon et des plantes
oléagineuses y est très productive; les races de chevaux
y sont perfectionnées et l'élevage des bêtes à cornes
donne d'excellents résultats.

L'exploitation des mines est, pour le royaume, une
source considérable de richesses. Les houillères, au
nombre de plus de quatre cents, sont partagées en trois
groupes : celui du Hainaut; celui de Namur et Luxembourg ; celui de Liège et de Namur. On exploite, dans
ces mêmes régions, de belles carrières de marbre et des
ardoisières.

La pêche en pleine mer et sur les côtes, occupe les
habitants du littoral, et surtout ceux des ports d'Anvers,
d'Ostende, de Blankenberghe et de Nieuport; elle em-
ploie plus de 200 bâtiments. Anvers et Ostende arment
pour la pêche de la morue.

L'industrie manufacturière est la principale source de

prospérité pour la Belgique. Les grands produits sont les tissus et les articles en métal. Parmi les tissus de laine, les draps tiennent le premier rang : les sièges les plus importants de leur fabrication sont Verviers, Liège, et Dolhain-Limbourg. Les autres lainages sont les flanelles, les étamines, les serges, les camelots, fabriqués dans toutes les provinces; les couvertures de laine de Bruxelles et les tapis de Tournay. Le tissage des toiles est une des industries les plus anciennes et les plus célèbres de la Belgique; la réputation des toiles de Flandre est universelle. La fabrication des dentelles, quoique moins importante qu'autrefois, donne encore les produits les plus estimés de l'Europe.

L'industrie des métaux a pris de grands développements : Les articles principaux sont les machines et les mécaniques, les armes à feu, la clouterie, la poêlerie, la chaudronnerie et la coutellerie. Liège est le centre de la fabrication des armes à feu; cette industrie occupe dix mille ouvriers. La fonderie de canon à Liège est un des plus beaux établissements de ce genre en Europe. La coutellerie est une industrie importante dans la province de Namur. Les fabriques de quincaillerie de Liège sont justement renommées par la qualité de leurs produits; à Malines, on fabrique des articles en cuivre; à Liège et à Anvers, de l'orfévrerie et de la bijouterie estimées.

Après les tissus et les métaux travaillés, les autres grands articles de l'industrie belge sont les aciers, les papiers, les produits de la typographie, les poteries, la faïence et la porcelaine, les verres, le tabac, les huiles, les savons, le sucre raffiné, la bière, les eaux-de-vie de grain, etc...

La bière, qui est la boisson ordinaire des habitants, occupe environ 3,000 brasseries. Le *lambic* et le *faro* de Bruxelles, le *petermann* et la bière blanche de Louvain, et le *uytzet* de Gand, sont des bières, renommées parmi les autres; celles de Tournay, Diest, Hoegaerde et Tirlemont sont les plus estimées.

FIN.

TABLE

TABLE 239

FIN DE LA TABLE

Limoges. — Imp. E. ARDANT et Cⁱᵉ.

CHARLES DICKENS

LES
VOLEURS DE LONDRES

TRADUCTION DE LA BÉDOLLIÈRE

NOUVELLE ÉDITION REVUE

LIMOGES

EUGÈNE ARDANT ET Cⁱᵉ, ÉDITEURS.

www.ingramcontent.com/pod-product-compliance
Lightning Source LLC
Chambersburg PA
CBHW061440030726
47503CB00005B/1494